Wilhelm-Gottlieb Becker

Das Liebesgrab

Ein Schauspiel mit Gesang in drei Akten

Wilhelm-Gottlieb Becker

Das Liebesgrab
Ein Schauspiel mit Gesang in drei Akten

ISBN/EAN: 9783743677807

Hergestellt in Europa, USA, Kanada, Australien, Japan

Cover: Foto ©Andreas Hilbeck / pixelio.de

Weitere Bücher finden Sie auf **www.hansebooks.com**

Das
Liebesgrab.
Ein
Schauspiel mit Gesang
in drey Akten.

Heydelberg.

Bey den Gebrüdern Pfähler.
1779.

An Herrn
Johann Rudolf Burckhardt
in Basel.

Empfangen Sie hier, mein theurer Freund, ein kleines Andenken meiner Hochachtungsvollen Freundschaft gegen Sie. Die Ihrige liegt meinem Herzen so nahe als gewiße seiner Lieblingswünsche. Nehmen Sie dieses Schauspiel für das an was es ist und seyn soll, so haben Sie den eigentlichen Punkt, aus dem es beurtheilt werden muß. Vielleicht mag manches vom gewöhnlichen Modell abweichen; vielleicht ist manches dem Kunstrichter hier zu lang und dort zu kurz — ich seb es denn wol auch, wollt' es aber einmal so machen, und glaube, daß es auf dem Theater, gut komponirt und vorgestellt, seine Wirkung thun kann. Gefällt es Ihnen und Andern, deren Urtheil nicht Maaßstab der Scenen sondern Gefühl der Wahrheit ist, und können Sie sich in die Häuslichkeit der Familien und ins ganze Wesen hineindenken, so hab' ich meine Absichten auch bey meinem Publikum erreicht.

Der Verfasser.

Das
Liebesgrab,

Ein Schauspiel mit Gesang

in drey Akten.

Handelnde Personen.

1. Hofräthinn Wiesenbach.
2. Charlotte, ihre Tochter.
3. Justizrath Hartmann.
4. Seline, seine Tochter.
5. Marianne, seine Nichte.
6. Edwich.
7. Kollmann.
8. Doktor Birkner.
9. Ein Bedienter des Justizraths.
10. Selinens Mädchen.

Der Schauplatz ist irgendwo in
Deutschland.

Erster Akt.

Der Hofräthinn Wiesenbach Wohnung.

Erste Scene.

Charlotte allein.

(Sie sitzt vor dem Klavier und spielt ein schwermüthig Adagio. Nach Endigung desselben steht sie auf.)

Ist mirs doch heut so schwermüthig, als wär' ich von Gott und Menschen verlassen! Rothmanns Antrag, den ich verabscheue — der Gehorsam, den ich meiner Mutter schuldig bin — und Edwich! — (seufzt) Edwich macht

A.

mir manche traurige Stunde. — Aber ist
meine Schuld, daß ich ihn nicht lieben
kann? Muß ich ihn denn lieben? —
Schwärmerisches Herz! wie oft sagst du
dir wieder, du liebst ihn, wünschest dich
ihm ganz hingeben zu können, wenn —
wenn du deine Lieblingsgrille nicht dabey
aufopfern müßtest. — Und das Heyra-
then! die vielen Beispiele um mich her
haben mir einen Widerwillen dagegen ein-
geflößt. O wenn Edwich so wie ich dächte,
wenn er nur mein Herz, nicht meine
Hand verlangte!

(Sie zieht ein Portefeuille aus der Tasche,
und nimmt Edwichs Schattenriß heraus.)
Welch ein edler Umriß! so treu, so
wahr! Kraft und Güte so vereinigt in
seinem Profile, als Stärke und Zärtlichkeit in seiner Liebe! — Edwich, Edwich,
mein Herz hast du längst. Du war'st mir
der Liebste unter so vielen die meine Gunst
suchten. Du wolltest sie nicht erschmeicheln,
und gewannst sie freiwillig, auch wenn du
sie nicht gesucht hättest.

(Sie legt den Schattenriß wieder in's Portefeuille.)

Und eine wichtige Ursache, warum ich
blos seine Freundinn bleiben möchte,
ist Marianne. Ich müßte mich sehr be-
trügen, oder, sie hat eine Neigung gegen
Edwich, und verschweigt sie mir; und ich
liebe das Mädchen über alles. Sie ist so
ganz geschaffen glüklich zu seyn und über
Andere Glükseligkeit zu verbreiten.

(Sie naht sich dem Klaviere, und phantasiert
ein wenig mit der einem Hande)

Dein Beispiel soll mich aufmuntern,
Marianne; ich will sie nachahmen deine
edle Selbstverläugnung. Sie gewährt
Freuden genug, wenn wir einmal dahin
sind, daß wir das nicht mehr für Auf-
munterung halten, was wir im Ueberfall
der Schwachheit dafür hielten. Wie viel hab'
ich nicht dagegen, das meine Vernunft
billigt! Und Mariannen glüklich zu wissen —— wenn ich das könnte! Wie viel
schöner würdest du deine Lieb' in ihr be-
lohnt finden, guter Edwich —— Es ist
schon über zehn Uhr; ich denk er soll nun
bald kommen. Eine entscheidende Stunde! Mir ist bang, bang für mich. Aber

meine Mutter und meine Aussichten verlangen es. Du dauerst mich, armer
Lieber! Du bist der Edelste unter so vielen die ich kenne, und mich, mich die
dich nicht glüklich machen kann, erwählst
du zur einzigen Geliebten deines Herzens,
und lässest sie hinwelken die Blüthe deiner Jugend um ein eingebildetes Gut,
das du von mir erharren willst. — Edwich, wenn du dich mit meiner Freundschaft begnügtest!

O Edwich, warum liebst du mich?
Wach' auf vom Traum, ermuntre dich
Von deiner Schwärmerey.
Ich kann dir keine Liebe weyhn,
Doch deine Freundinn will ich seyn,
Und bleiben will ichs treu.

Ach! könnt' ich deine Ruh erflehn! —
Könnt' ich ihn doch nur glücklich sehn,
Den edlen besten Freund!
Nimm, Freundschaft, ihm der Liebe Schmerz,
Beruhige sein schönes Herz,
Das ängstlich um mich weint.

Zwote Scene.

Charlotte und Edwich.

Edwich.

Guten Morgen, liebste Charlotte!
Stör' ich Sie? (küßt ihr die Hand.)

Charlotte.

O nein, Herr Edwich, Sie stören mich
nicht.

Edwich.

Sie sangen —

Charlotte.

Thut nichts, Sie wissen ich sing' oft. —
Setzen Sie sich.

(Sie sezt sich neben das Klavier.)

Edwich.

Wenn Sie erlauben — (Sezt sich zu ihr.)
Sie sind doch wohl?

Charlotte.

O ja; und Sie?

A 2

Edwich.

Dem Anschein nach weder gesund noch
krank, und doch kränker, als ichs im
vorigen Winter war, da mich ein hitziges
Fieber niederwarf.

Charlotte.
(sanft spöttelnd.)

Ja, Sie sind krank, lieber Edwich;
aber verzeihen Sie, Ihre Kranckheit,
glaub' ich, besteht mehr in der Einbildung
als in der Wirklichkeit.

Edwich.
(gekränkt:)

Wenn Sie wollen — (wehmüthig) Soll
ich an der Güte Ihres Herzens zweifeln,
Charlotte, und denken Sie mich etwa dadurch zu heilen, daß Sie mir Ihr Herz
verdächtig machen wollen? Aber Sie
verfehlen Ihre Absichten, und wenn es
die edelsten wären; Sie verfehlen sie. O
Charlotte, wenn Sie wircklich nicht das
gute edle Mädchen wären, für das ich
Sie halte, wenn ich mich geirrt hätte —
noch viel elender wär' ich dann, als wenn
Sie mir ewig ihre Liebe versagten.

Charlotte.

Sie erkennen mich, Edwich. Trauen Sie mir bey allen den Vollkommenheiten die Sie mir andichten, doch immer so viel unentbehrliche Eigenliebe zu, daß mirs nicht gleichgültig seyn kann, ob Sie mich für gut halten oder nicht. Es sollte mir leid thun, wenn sie mich Ihrer Freundschaft unwürdig fänden. Halten Sie mich für gut, für fühlbar, so gesteh' ich Ihnen, Sie haben sich in meinem Charakter nicht ganz geirrt — und ich habe nicht Ursache damit zu prahlen, es macht meine Glükseligkeit aus. Aber Edwich, Sie haben zu überspannte Begriffe von mir. Es giebt hundert bessere Mädchen als ich bin; warum bestehen Sie gerade auf mich, auf mich? Sie sind eigensinnig, lieber Edwich. Sie sind noch so jung, Sie können noch viel glükliche Tage erleben, und es thut mir in der Seele weh, wenn ich sehe, wie Sie sich so muthwillig drum bringen.

Edwich.

O Charlotte, was für Aussichten öfneten sich mir in ein seliges Leben, wie ich Sie zum erstenmal sah, wie Sie mich zum erstenmal Freund nannten. Damals ahndete ich in Ihren Augen Liebe für mich zu lesen, und izt —

Charlotte.

Doch nicht Haß? will ich hoffen.

Edwich.

Den nicht, aber was oft noch schreklicher ist als Haß. — Kaltsinn.

Charlotte.

Ich glaube mir in meinem freundschaftlichen Betragen gegen Sie, von Anfang bis izt nichts vorzuwerfen zu haben. Ich zeichnete Sie aus unter dem Haufen junger Herren, die, wie um jedes Frauenzimmer, auch um mich herumflatterten—weil Sie sich von ihnen auszeichneten. Ich fand mehr Ernst, mehr Geseztes in Ihnen, und ihr Betragen war immer so bescheiden, daß ich Ihnen drum gut war. Legten Sie meinen ungezwungenen Umgang gegen Sie für Liebe aus; so bin ich

unſchuldig; ſo laſen Sie in meinen Au⸗
gen mehr als drinn ſtand. Damals ſahn
Sie zu viel, und izt zu wenig. Sie ver⸗
wechſeln mein zurückhaltendes Weſen, wo⸗
zu Sie mich zwingen, mit Kaltſinn; und
doch nehm' ich izt warlich mehr Theil an
Ihnen, als ich damals nahm.

Edwich.

—— Alſo hab' ich mich damals geirrt?
Habe mich wirklich geirrt? — O was
gäb ich nicht drum, ich hätt' es nicht.
Und das ſanfte Lächeln Ihres Geſichts,
das aus Ihren Blicken in meine Seele
hinüberſchwebte, war nicht Liebe? Wenn
Sie den luſtigen Gecken um Sie her Ihre
Hand entzogen, und Sie in der Meini⸗
gen ruhen lieſſen —— das war nicht Liebe?

Charlotte.

Ich würde mir die kränkendſten Vor⸗
würfe machen, wenn die vertrauliche Art,
auf welche ich mit Ihnen umgegangen,
aus anderen Abſichten, als aus der reinſten
Freundſchaft gekommen wäre. — Ich
weiß nicht, wie ich ſo vom erſten Augen⸗
blick ahndete, daß Sie gleicher Geſinnun⸗

ger mit mir wären. Ihr ernsthaftes ruhiges
Wesen, das von verliebten Tändeleyen so
fern zu seyn schien, zog mich an Sie,
und ich näherte mich Ihnen, da ich sah,
daß Sie sich auch gern zu mir hielten.

Edwich,
(steht hastig auf.)

Ach! warum mußt' ich mich irren?
warum muß ich mich geirrt haben! —
Gott! wie ich Sie zum ersten mal sah —
ich werde den Tag nie vergessen — mein
ganzes Ich war wie umgeschaffen! ich sah
den Himmel auf Erden, und den Engel
vor mir der mich einführen sollte in den
Ort der Freude und Glückseligkeit. Wenn
Sie doch mein wäre! Charlotte mein!
Mein! — Dieß war der herschende Ge-
dancke in dem ich lebte. Feurige Gelübde
flogen gen Himmel, und wenn ich so ge-
betet hatte, war mir immer als dürft' ichs
erwarten. — Charlotte! meine Charlotte!

Ach wie vom Himmel herab! —
Sah ich deine Gestalt
Vor mir schweben.

Hat das Herz mir gewallt,
Als dein Blick ihm Leben,
Neugebornes Leben ihm gab.

Unschuld war in jeder Miene,
Lieb in jedem Blick.
Tugend schreckte jede kühne
Begierde zurück.
Engelreine Güte
In Augen und Mund
That das edelste Gemüthe
Den größten Geist in dir kund.

Schön wie die Blume des Gartens,
Die Rose, die Königinn
Unter den Blumen, standst du da,
Giengest du dahin.
Wie ich da sah
Mit inniger Liebe Verlangen
Den sanften Purpur der Wangen
Herrlich wie Frühlings Sonnenlicht glühn!
Schönste Rose des Garten,
Sprach ich heimlich, ach! wär'st du mein!

Schönste Blume des Garten,
Wär'st du mein!

Wie wollt' ich dein warten
In der Liebe Sonnenschein!
Und wie vom Himmel herab
Sah ich deine Gestalt,
Vor mir schweben.
Hat das Herz mir gewallt,
Als dein Blick im Leben
Neugebornes Leben ihm gab!

Und du Alliebender! es war nur
Täuschung? — Charlotte, so war's nur
Täuschung? — Nein, ganz war es nicht,
bey Gott nicht! Ich sah wircklich das edle
liebenswürdige Mädchen, die grosse Seele
in ihrem Gesicht und sehe sie noch. So
lange dauert der Rausch der Sinne nicht.
Ich wäre längst wieder nüchtern geworden, da ich so verachtet ward. Aber Täuschung war's, wenn ich mir einbildete,
wenn ich im süssen Wahn dahinträumte,
als wäre so ein Geschöpf um meinetwillen da, als sollt' ichs besizen.

(Das Wort verachtet spricht er mit
kränckender Bitterkeit aus.)

Charlotte.

(Die während des Gesangs öftere Zeichen der Unruhe und des zärtlichsten Mittleids geäussert, mit rührender Stimme.)

Grausamer Edwich, wie können Sie mich martern? Sie verwunden mein Herz aufs empfindlichste. Nicht genug daß mir die Kranckheit Ihrer Seele den trübsten Kummer verursacht, können Sie mir noch vorwerfen, ich verachte Sie? Um Gottes willen Edwich, schonen Sie mich, und werden Sie gesund, oder wir gehen beide zu Grunde, — Sagen Sie, wo hab' ich jemals die geringste Verachtung gegen Sie blicken lassen.

Edwich.

Ich will nichts wieder erneuern. Vielleicht war es nur Leichtsinn.

Charlotte.

Nein, Sie müssen sich rechtfertigen; Sie müssen mich rechtfertigen. Leichtsinn ist sonst eben auch keiner meiner Fehler. Und leichtsinnig gegen Sie, bin ich nie, bin ich warlich nie gewesen.

Edwich.

O Charlotte, Sie konnten mich oft

leiden sehen und lachen.) Wenn mich ein
Kreis niedriger Schmeichler von Ihnen
ausschloß, und ich mich in einen Winkel
des Saals zurückzog. Das Herz blutete
mir für Kummer, und gern hätt' ich da
den Entschluß gefaßt, Sie aus meinem
Herzen zu reissen, wenn ichs vermocht
hätte.

Charlotte.

Keinen andern Beweis, Edwich?

Edwich.

Brauch' ich Ihnen noch mehr zu be-
weisen? — Zogen Sie nicht öffentlich
diese bunten Gecken mir vor? Sie sahen
meinen Kummer: denn ich merckte, wie
Sie mir überall nachblickten.; und doch
konnten Sie sich mit ihnen fortamusiren
und den ersten besten Tanz drauf mit einem von ihnen mit so viel Munterkeit
und Leichtigkeit durchspringen, daß Sie
in diesem Augenblick unmöglich an Edwich und seinen Kummer dencken konnten.

Charlotte.

Gütiger Gott! so muß mein unschul-
digstes Vergnügen Ihnen Stoff geben, sich

zu quälen? — Sie wissen, daß mir unter allen rauschenden Lustbarkeiten nichts lieber ist als ein fixer englischer Tanz, und —

Edwich.

Wenn Sie mit mir tanzten, tanzten Sie doch nie so mit Leib und Seele.

Charlotte.

(etwas verdrießlich scheinend.)

Aber Edwich, bin ich Ihnen denn verlobt, daß Sie von mir fordern, ich solle mich so ganz nach Ihnen scheniren? Ich will frey seyn.

Edwich.

(gekränkt.)

Fordern kann ich freilich nichts; aber von Charlottens feinem Gefühl hätt ich oft erwartet, daß sie mich schonen würde.

Charlotte.

(gelassener.)

Edwich, Sie sind sich selbst zur Last! Ein anders Mädchen das nichts von Ihnen verlangt, würde vielleicht nicht so geduldig seyn. — Es ist wahr, Edwich, ich bin seit einiger Zeit zurückhaltender gegen Sie geworden, und besonders in öf-

fentlichen Gesellschaften; aber daran sind
Sie selbst Schuld. Man bemerkt Sie,
man bemerkt mich. Sie haben mich schon
ziemlich ins Gerede gebracht, zwar auf
keine schlimme Art, kann ich sagen, drum
acht' ichs auch nicht; und acht' es um
Jhretwillen nicht. Aber es wäre wider
die Klugheit, wenn ich selbst dazu Gelegenheit geben wollte, ich bin ein Frauenzimmer. Und überdieß wissen Sie gar
nicht, wie oft ich Sie vertheidige, wenn
so wizige Leute, gegen die Sie nicht be-
hutsam genug sind, mir das und jenes
zum Angehör von Jhnen erzählen. Neu-
lich sagte Kollmann zu mir — Sie wissen
doch, daß er bey meiner Mutter um mich
angehalten?

Edwich.

Also ist es doch wahr? Ich Unglücklicher! Wenn ich doch reich wäre! Aber
so bin ich arm, und Kollmann ist reich.

Charlotte.

Ich würde Sie drum nicht höher
schäzen. Ich habe noch nie drum gefragt,
ob Sie reich oder arm sind — und Sie

kennen

kennen ja auch meine Umstände. Aber
mein Vorsaz ist, mich nie zu verheiraten.
Meine Mutter will zwar, daß ich den
Kollmann nehmen soll; doch ich hoffe sie
noch davon abzubringen. Sollte sie aber
drauf beharren, so werd' ich ihretwegen
diesen Widerwillen zu überwinden suchen.
Um alles in der Welt wollt' ich sie nicht
mit Ungehorsam betrüben, sie die so viel
an mir gethan, und mich Zeit meines
Lebens mit so viel Güte behandelt hat.

Edwich.
(bitter)

Ich versteh es Charlotte. Sie haben
einen Widerwillen fürs heirathen, und
ziehen mir doch Kollmann vor; und das
aus blossem Gehorsam gegen Ihre Mut=
ter —. O mein Unglück ist gewiß.

Charlotte.

Ich hab' Ihnen ja.

Edwich.
(voll Würde)

Wo ist da die Stärcke der Seele, die
ich sonst an Charlotten bemerckte?

(Von aussen hört man Kollman einen engli=
schen Tanz trällern. Da Edwich ihn hört,
will er gehen.)   B

Edwich.

O da kömmt er; der Narr iſt mir unerträglich. Leben Sie wohl, Mademoiſelle.

Charlotte.

Ums Himmels willen bleiben Sie Edwich; Sie ſind ja mein Freund — aber verhalten Sie ſich klug.

Dritte Scene.

Kollmann (tritt herein zu) Charlotten und Edwich, (und trällert noch das Ende vom Tanz.)

Ihr gehorſamer Diener, meine ſchöne Charlotte. Sie ſehen und hören, wie ich ſo ganz voll von Ihnen bin. Da ſteckt der Contretanz, dem Sie ſo gut ſind, mir beſtändig im Kopfe, überall lull' ich mir ihn vor.

(Er repetirt den Contretanz, aber Charlotte unterbricht ihn.)

Carlotte.

Seitdem er mehrern Leuten gefallen hat, mißfällt er mir; ich bitte Sie alſo —

Kollmann.

Wie Sie befehlen. Im Grunde ist auch nicht viel dran. Ich habe mich gleich gewundert, daß er Ihnen hat gefallen können.

Edwich.
(beyseite)

Der abscheuliche Narr! — Und Char-lotte — kaum kann ich mirs denken.

Kollmann.
(blickt auf dem Klavier umher, auf welchem Musikalien liegen.)

Da lob ich' mir die neue Musik zur Allemande. Unstreitig wird sie den Con-tretanz bey Ihnen verdrängt haben, da es meine Leiballemande ist? Sie ist eng-lisch; aber sie kostet mich auch vier baare Dukaten.

Charlotte.

Ich sag' Ihnen ja, daß mir nichts gefällt, was auch andern gefällt.

Edwich.
(für sich.)

Wie sie noch mit dem Narren um-geht!

Kollmann.
(gegen Edwich gerichtet.)

Der arme Herr Edwich scheint heute wieder sehr hypochondrisch zu seyn. Und Sie sind doch bey Mamsell Charlotchen? Ich dächte ihre schonen Augen (blickt Char. lotten verbuhlt an) könnten Sie schon ein wenig aufheitern. Aber (höhnisch lachend) ich weis schon —

Edwich.

Ich suche gern, wo ich kann, das Gleichgewicht ein wenig zu erhalten. Herr Kollmann ist bisweilen gar zu possierlich, und das wird am besten durch ein bischen Unmuth wieder gedämpft.

(Kollmann weiß nicht gleich wie ers nehmen soll.)

Charlotte.

Wir sprachen eben von Ihnen, ehe Sie kamen. Herr Edwich meinte, er habe noch keinen aufgeräumtern amüsantern Menschen gefunden als Sie.

Kollmann.
(zufriedengestellt.)

Ja, lustig bin ich, das ist wahr. Drum geht auch fast keine Hochzeit vor=

bey, wo ich nicht darauf bin. — Was
hälft' einem auch sonst das Reisen? Paris! Paris! das ist der Ort! — Ich
sollte nur den Herrn hypochondrischen
Edwich ein paar Monathe dort unter meiner Kur haben — er sollte gewiß anders
werden. (spöttisch) Sie sind ein wenig verliebt; (winckt Charlotten, deutet auf sie,
und lacht gewaltig drüber) aber Sie müssen sich das aus dem Sinn schlagen, sonst
kann's Ihnen noch einmal wie Selmarn
gehen. Machen Sie's wie ich. Ich bin
in alle Mädchen verliebt, aber nie länger
als ich bey ihnen bin — und da bleib'
ich immer frisch und gesund.

Alle Mädel hab' ich lieb,

Und ich küß sie gar zu gern.

Wenn sie sich ein wenig sperr'n,

Laß ich michs doch nicht verdrießen;

Schimpfen sie gleich Schelm und Dieb,

Dennoch fahr' ich fort zu küssen —

Alle Mädel hab ich lieb.

Nicht wahr , meine schöne artige Charlotte, das erhält einen beständig bey gutem Humor. Die Liebe will immer neuen Stoff haben. Ich kehre nie zärtlicher zu Ihnen zurück, als wenn ich mich aus den Armen eines andern Mädchens triumphirend los gemacht habe.

Charlotte.

Sie sind ausserordentlich gefällig ; ich bedaure Ihre Artigkeiten nicht erwiedern zu können.

Kollmann.

O schweigen Sie, schweigen Sie davon.

(zu Edwich , ihn auf die Achsel klopfend.)

Folgen Sie meinem Rathe , Herr Edwich.

(zu Charlotten)

Hören Sie, meine schöne, nehmen Sie sich doch seiner ein wenig an ; stuzen Sie ihn ein bißchen zu. (lacht sehr) Der arme Edwich! Er dauert mich wirklich. Auf der lezten Redoute — ich habe mich krank lachen müssen — war es nicht, als wenn Sie Schatten und Körper mit ein=

ander spielten! Das nächste mal, meine schöne Braut. ——

Edwich.
(auffahrend)

Braut?

Charlotte.
(zu Kollmann.)

Mein Herr, so viel ich weis, haben
Sie noch kein Recht mir diesen Namen
beizulegen. Ich bitte Sie also ——

Kollmann.
(greift ihr ans Kinn.)

Närrchen, wozu die Umstände? Was
brauchts der Ceremonien? Unsere Herzen
sind doch schon längst eins.

Im ersten Augenblick
Las ich mein künftig Glück
In Ihren schönen Augen.
Mir ward, ich weis nicht wie?
So durft' ein Andrer nie
Aus ihnen Liebe saugen.

Charlotte.

Mein Herr, Sie irren sich,
Mir war so lächerlich
Als mir noch nie gewesen.

B 4

Mir ward, ich weiß nicht wie?
Verspottung konnten Sie
Nur keine Liebe lesen.

Kollmann.

Im ersten Augenblick
Las ich mein ganzes Glück
In Ihren schönen Augen.

Charlotte.

Mein Herr, Sie irren sich;
Mir war so lächerlich,
Als mirs noch nie gewesen.

Kollmann.

Mir ward, ich weiß nicht wie?

Charlotte.

Mir ward, ich weiß nicht wie?

Kollmann.

So durft' ein Andrer nie
Aus ihnen Liebe saugen.

Charlotte.

Verspottung konnten Sie
Nur keine Liebe lesen.

Edwich.

Mir wird, ich weis nicht wie?
Dergleichen sah ich nie
Noch nie vor meinen Augen.

Alle zugleich.

Kollmann.

Mir ward, ich weis nicht wie?

Charlotte.

Mir ward, ich weis nicht wie?

Edwich.

Mir wird, ich weis nicht wie?

Kollmann.

So durft' ein andrer nie
Aus ihnen Liebe saugen.

Charlotte.

Verachtung konnten Sie
Nur keine Liebe lesen.

Edwich.

Dergleichen sah ich nie
Noch nie vor meinen Augen.

Kollmann.

(lacht.)

Hahaha! über den Herrn Edwich!
Der ist unsern Spaß noch nicht gewohnt
Charlottchen. (zieht seine Uhr heraus.) Poz
Element! Mamsell Finkenberg wird schon
längst auf mich warten. Ich beurlaube
mich, mein reizende Charlotte. Herr Ed-
wich wird Ihnen die Zeit schon vertreiben.
Nur noch ein Küßchen.

(Charlotte stößt ihn weg.)

O die Mädel hab ich' Lieb,
Und ich küß sie gar zu gern;
Wenn sie sich ein wenig sperr'n,
Laß ichs doch mich nicht verdrießen,
Schimpfen sie gleich Schelm und Dieb,
Dennoch fahr' ich fort zu küssen —
O die Mädel hab' ich lieb.

(Er macht einen neuen Versuch sie zu küssen,
sie stößt ihn aber wieder mit Verachtung
zurück. Beim abwehren ergreift er ihre
Hand und küßt sie, reißt ihr dann eine
Rose vom Busen, und hüpft davon.)

Vierte Scene.

Charlotte und Edwich.

Charlotte.

(sezt sich nieder, und stemmt die Hand unter die Stirne.)

Sezen Sie sich Edwich; ich habe mich ein wenig geärgert über den unverschämten Menschen.

Edwich.

Wär' es nur nicht in Charlottens Zimmer gewesen! — doch so ein Narr verdient nichts als Verachtung.

Charlotte.

Eine solche Aufführung hab' ich noch nie von ihm gesehen. Für einen Windbeutel und auf sein Vermögen stolzen Menschen hab' ich ihn immer gehalten, aber so ist er mir noch nie vorgekommen.

Edwich.

Es ist abscheulich.

Charlotte.

Ich wette, Ihre Gegenwart hat ihn

dazu gebracht. Er sieht, daß ich Sie
immer vorziehe, und daß ich ihn nicht
leiden kann.

Edwich.

Und Ihr Entschluß liebe Charlotte?

Charlotte.

Ist freilich durch diese nähere Bekannt-
schaft mit ihm ein wenig verändert worden. Meine Mutter kennt ihn nicht so
genau; sie wird mir glauben, und wenn
sie hört, daß ich darauf beharre mich nie
zu verheirathen, so wird sie keinen Argwohn mehr auf Sie haben.

Edwich.

Ich will mich Ihrer Mutter zu Füs-
sen werfen. Sie sagen ja daß es eine
gute Mutter ist, die Sie liebt, die —

Charlotte.

Nein! bey dem Verlust meiner Freundschaft Edwich! fürs erste, würde es Ihnen nichts helfen, und Sie würden mich
künftig gar meiden müssen. So ungern
ichs thue, so muß ich es Ihnen sagen,
meine Mutter ist Ihnen nicht recht gut;
Sie sind ihr zu still, zu niedergeschlagen —

und das kann sie nicht leiden. Bezeigen
Sie sich also hübsch munter gegen sie; nach
und nach wird sie Ihnen schon wieder
gut, und dann bleibt Sie's auch, dafür
steh' ich Ihnen.

Edwich.

O wie gern will ich mich dieser lieben
Mutter gefällig zu machen suchen!

Charlotte.

Und fürs zweite, Edwich, bleib ich
fest auf meinem Entschluß: ich will mich
nie verheirathen. Gesezt aber meine Mut=
ter wollte es; so bekämen Sie mich aus
Zwang, und ich würde Sie als den Stö=
rer meiner Glückseligkeit betrachten. Ich
hab' einmal einen natürliche Widerwillen
fürs Heirathen. Wie ich von der Ehe
denke, muß ein Weib Vater und Mutter,
Verwandte und Freunde, und alle seine
Lieblingsideen verlassen können, und an
ihrem Manne hangen, und das fühl'
ich, kann ich nicht. Ich liebe keine Manns=
person so sehr, und will auch keine so
lieben.

(Charlottens Mutter kömmt hineinge-
gangen, ohne von Edwich und Charlotten gesehen zu werden, Sie bleibt einen
Augenblick stehen, scheint mit dem Vee-
fahren ihrer Tochter zufrieden zu seyn,
und entfernt sich wieder, um sie nicht in
ihren Verweisen gegen Edwich zu stören.)

Edwich.

Ach Charlotte!

(Er ergreift ihre Hand, die sie aber zu-
rückzieht.)

Charlotte.

Alle diese kleinen Vertraulichkeiten
müssen zwischen uns aufhören, bevor wir
nicht auf einem gewissen Fuß mit einander
stehen. Auch dürfen Sie mich nicht so
oft mehr besuchen, Edwich. Verzeihen
Sie mir, ich bin aufrichtig. Ihre Gesellschaft ist mir eine der liebsten, wenn
Sie artig sind. Ich habe manchmal eine
Stunde, in welcher Sie mir aus einem
guten Buche etwas vorlasen, einer Lust-
barkeit vorgezogen. Aber Sie müssen sich
ein wenig einschränken, Sie sind mirs
schuldig. Wie wird sich izt Kollmann mit
der Finkenbergin über uns lustig machen!

ich mache mir zwar nicht viel draus dem
Gewäsch solcher Leute, aber wenn ichs
vermeiden kann thu' ichs doch gern. Und
dann ists auch vorzüglich meiner Muttter
wegen. Sie ist zwar nicht wie andere
Mütter — aber sie läßt sichs doch merken;
und schon das geht mir an die Seele.
Sie sind izt fast täglich, oder wenigstens
einen Tag um den andern zu mir gekommen; kommen Sie höchstens alle Wochen
nur einmal. Vielleicht kann es in Zukunft
wieder öfterer geschehen, wenn meine Mutter
etwas besser auf sie zu sprechen seyn wird.
Seyn Sie nur hübsch munter. ---

Edwich.

O Charlotte, wie soll ichs seyn? Wie
soll meine Seele heiter seyn, wenn ihr
das Licht, das sie allein erheitern kann,
auf ewig geraubt wird.

Charlotte.

Nehmen Sie mir nicht übel mein lieber Edwich; Sie scheinen mir ein bischen
zu weichlich und zu wenig standhaft zu
seyn. Sie haben ihr Herz seither ver-
wöhnt, und ihm allen seinen Willen ge-

laſſen. Ich weis, Sie haben eine ſehr empfindende Seele, und ich und alle rechtſchaffene Leute ſchäzen Sie deswegen. Aber Sie hängen Ihren Empfindungen zu ſehr nach, und machen ſich unglücklich.

Edwich.

Fühlen Sie was ich fühle, verlieren Sie, was ich verliere; und Sie werden mich gewiß nicht für weichlich halten. Daß ich unglücklich bin, empfind ich nur all= zuſehr.

Charlotte.

Und doch thun Sie nicht das geringſte, um dieſes Uebel los zu werden. Das nenn' ich eben weichlich.

Edwich.

Gott im Himmel! was ſoll ich thun?

Charlotte.

Ueber Ihre Leidenſchaft herrſchen. Edwich, Sie ſind ein Mann; nehmen Sie ſichs nur einmal recht vor, es geht gewiß.

Edwich.

Und wenn ichs könnte, wenn ich eine Zeitlang über mich ſiegen könnte — würd'

ich

ich dann glücklicher seyn? — O Charlotte,
in diesem Herzen ist ein unendlicher Stoff
von Liebe, von unaussprechlicher Liebe
für Sie, Charlotte, o stossen Sie es nicht
von sich —

Charlotte.

Ihr Herz ist ein gutes Herz, das weis
ich längst, mein lieber Freund, aber wie
ich Ihnen gesagt habe — ein wenig ver=
hätschelt. Sie müssen ihm nicht alles zu
lassen, worauf es fällt. Ihre Neigung
fiel einmal auf mich — ich sagte Ihnen,
daß ich sie nicht erwiedern könnte — da
hätten Sie sie gleich lenken sollen, ehe sie
so halsstarrig geworden wäre. — Es sind
so viele hübsche und weit bessere Mädchen
um Sie her, die Ihnen alle gut sind.
Richten Sie Ihre Augen nur erst einmal
auf; bis itzt sind Sie zu eigensinnig ge=
wesen eins anzusehen. Nehmen Sie einmal
Mariannen, ich weis kein edleres liebens=
würdigeres Mädchen als sie.

Edwich.

Das sagt auch Marianne von Ihnen.

C

Charlotte.

Marianne ist immer ein wenig par=
thenisch für mich gewesen. Aber in allem
Ernst, Edwich — das wär' ein Mäd=
chen für Sie. Bey aller der Lebhaftigkeit
ihres Temperaments hat sie doch just das
Schwärmerische, das Ideal von ehelicher
und häuslicher Glückseligkeit was Sie
haben; und so viel ich weis, ist sie Ih=
nen auch gut. — Was meinen Sie, Ed=
wich?

Edwich.

Wenn ich Sie nicht kennte, viel=
leicht — aber Charlotte, Sie mißhan=
deln mich.

Charlotte.
(ernsthaft und dringend.)

Edwich, wie verkennen Sie mich!
ich bin schon lang damit umgegangen,
von Mariannen mit Ihnen zu reden.
Sie liebt Sie, wo ich nicht irre, und
sie ist meine beste Freundin — (lebhaft
und Freudig) was gäb ich nicht drum,
Euch vereinigt zu wissen.

Edwich.

Marianne ist ein gutes Mädchen, aber diese Lücke kann sie in meinem Herzen nicht ausfüllen.

Charlotte.

Sie kennen sie noch nicht. — Seit unsere liebe Seline so unglücklich geworden, schäze ich sie noch unendlich mehr, Sie kömmt nicht von ihrer Seite; sie verläßt sie nicht mehr; sie ist ganz die treue Freundinn, das edle Mädchen.

Edwich.

Ich bewundere sie; und wie ich höre, will sie sich nie von ihr trennen: denn die arme Wahnsinnige kennt Niemanden als sie, will Niemanden anders leiden als sie.

Charlotte.

Das Mädchen war auch ganz Empfindung — und ich hätt' es gern gesehen, wenn der Vater in ihre Heirath mit Selmarn gewilligt hätte. Es war ein guter Junge und hatte viel Kopf — wußte aber freilich manchmal nicht, wo er hinaus sollte.

Edwich.

Es vergeht kein Tag, wo ich nicht um

ihn weine. Wir hiengen an einander wie
Leib und Seele. Zwo Stunden vorher,
ehe man ihn gefunden, war er noch bey
mir. Er hatte eben den Brief erhalten,
den ihm Seline auf Befehl ihres Vaters
hatte schreiben müssen, und worinn sie
ihm meldete, sie habe nun dem Baron
ihre Hand gegeben.

Charlotte.

So viel ich weis, war's aber noch
nicht geschehen.

Edwich.

Nein, aber aus Selinens Briefe mußt'
er's glauben. Hereintreten und sich mir
um den Hals werfen war eins. Nun
ist alles verloren, schrie er voll Verzweiflung. Sie ist dem Baron. Vielleicht ge-
zwungen; denn der Brief war ganz naß!
ach! die Arme! " --- Er war ausser sich.
Eine Weile drauf starrt er in Stillschwei-
gen hin, griff eilig nach seinem Huthe und
wollte fort. Ich fragte, wo er hin wolle?
Zum Baron, sprach er: den lezten Versuch zu wagen, den ich ihr und mir schul-

dig bin. Und so riß er sich von mir fort,
ohne weiter ein Wort zu hören.

Charlotte.

Und foderte ihn heraus?

Edwich.

Das glaub' ich nicht; wenigstens wollt'
ich schwören, daß es seine Absicht nicht
gewesen. — Hören Sie nur weiter. Ich
war ungeduldig auf seine Zurückkunft. Nach
neun Uhr hör' ich Jemanden geschwind
die Treppe hinan laufen. Ich ahndete
Unglück, nehme geschwind das Licht in
die Hand, um die Thüre zu öfnen. Da
stürzt Weiler herein. „ Edwich weißt du
noch nichts? Selmar liegt erstochen im
Nachtigallenwäldchen.” Ich war halb tod,
rannte mit Weilern zum Stadtchirurgus,
und mit dem fort an die unglückliche Städte.
die Gerichten wollten ihn eben aufheben.‘
Er schwamm im Blute. Kein Zeichen von
Leben war mehr an ihm wahrzunehmen.
Ich kann Ihnen nicht sagen, wie mir da
war, als ich meinen einzigen Freund so
vor mir liegen sah. Der Mond schien so

voll, so hell über ihn weg. — Ach Gott!
Charlotte!

Charlotte.

Die Geschichte ist traurig. — Aber
wenn Sie nicht glauben, daß Selmar
den Baron herausgefordert, wie kamen
sie denn im Wäldchen zusammen?

Edwich.

Alles was man weis, ist folgendes.
Selmar will eben in des Barons Haus
treten, als dieser herauskömmt. Der Baron schlägt ihm vor, wieder mit ihm auf
sein Zimmer zurück zu kehren; aber Selmar bittet ihn ganz freundschaftlich einen
Spaziergang mit ihm zu machen, indem
er etwas wichtiges mit ihm zu sprechen
habe. — So viel hat des Barons Bedienter ausgesagt.

Charlotte.

Hat man keine Nachrichten vom Baron?

Edwich.

Keine bestimmte; man sagt, er halte
sich zu Lausanne auf.

Charlotte.

Ich habe die Geschichte noch nie um-

ſtändlich gewußt. Man hat ſie bald ſo,
bald anders erzählt. Ich hätte Sie ſchon
längſt darum befragt, wenn ich nicht be-
ſorgt hätte Ihren Schmerz dadurch zu erneuern. — Sie ſind ſehr drüber gelobt
worden, daß Sie ſich Ihres Freundes ſo
angenommen haben. Denn Selmar iſt
in den beſten Häuſern ſehr beliebt geweſen, und man hat gern alle Schuld auf
den Baron geworfen. Dem Miniſter iſt
man noch einmal ſo gut geworden, daß
er Ihnen und Ihren Freunden die
Erlaubniß gegeben, ihm ein Monument
an den Plaz zu ſtellen. Wie ich höre,
ſoll der Ort ſeitdem ſehr fleiſig beſucht werden.

Edwich.

Alles geht izt zum Liebesgrabe, manche
mit Spott und Hohngelächter, aber auch
manche fühlende Seele mit Schmerz und
Mitleiden. — Und Sie ſind noch nicht
drauſſen geweſen?

Charlotte.

Meine Mutter war immer dawider,
und da hab' ichs denn auch nicht thun

wollen. — Aber Edwich mässigen Sie
sich auch hierinn ein wenig, und gehen
Sie nicht zu oft hin, theils um Ihrer ei-
genen Ruhe, theils um des Geschwäzes
der Leute willen: denn man hat sie schon
ein paar mal Selmars Schatten genannt,
und noch dazu in Gegenwart meiner
Mutter.

Edwich.

Es ist mir nie so wohl, als wenn ich
neben dem Grabe meines Freundes ruhe,
und meinen Schmerz ausweinen kann.

Charlotte.

Nun Edwich, sagen Sie, reizt Sie
die Liebe noch, wenn Sie an Selmarn
und an die noch unglücklichere Seline denken? — Wo ich ein Mädchen gehört habe,
klagt sie über unglückliche Liebe. Und so
viele Ehen, von denen man sich einen
Himmel auf Erden versprochen hätte,
Leute, die ganz Liebe für einander waren,
sind unglücklich. — Ich weis wohl, daß
auch die Grundquellen der Freundschaft
Schwachheiten und Leidenschaften sind,
aber die Liebe —

Edwich.

O was ist sie anders als der höchste Grad von Freundschaft? Ach! ohne Liebe giebt es keine wahre Freundschaft, und ohne Freundschaft giebt es keine wahre Liebe. Ein Freund, der nicht mit einer gewissen Leidenschaft mein Freund ist, thut mir nicht Genüge, so verdient er sich sonst um mich machen kann. — O die reine selige Liebe zweyer für einander geschaffener Herzen ist und bleibt doch immer ein Bild der himmlischen Glückseligkeit.

Schöne Liebe faßt die Freuden
Alle, die die Erde hat,
Faßt die große Seligkeiten
Alle, die der Himmel hat.

Charlotte.

Nur im berauschenden Genusse wird sie so geschildert. O Edwich, trauen Sie ihm nicht dem lächelnden Maler der Liebe. Es ist nicht Liebe, was er malt; es ist Rausch der Freundschaft oder Genuß der flüchtigen Wollust. Liebe ist Wahn, der

den fühlenden Jüngling oder das fühlende
Mädchen in den Ruin seines irrdischen
Wesens hinabstürzt, ihren Frühling zerstört, ihre Rosen zerpflückt, ihre Freuden
alle verschlingt, sie von allem losreißt,
was noch Werth für sie haben konnte,
sie ihren Pflichten entzieht – und am Ende
unwiederbringlich elend macht.

> Liebe tödet alle Freuden
> Die uns Erd' und Himmel gab,
> Stürzt das liebekranke Mädchen,
> Stürzt den Jüngling in das Grab.

Edwich.
Das wird also mein Theil seyn, Charlotte.

Charlotte.
Noch ists Zeit zu Ihrer Rettung, und
Sie sind noch nicht so gefährlich krank,
als Sie glauben. Suchen Sie Zerstreuung,
und lernen Sie andre Mädchen kennen. -- (lebhafter) Folgen Sie mir und
lernen Sie Mariannen näher kennen.

47

Edwich.

Was kann mir das helfen? Ich liebe Sie und nur Sie will ich lieben.

Charlotte.

Warum denn nun eben mich? – Ich bin keiner solchen Liebe fähig die Sie fordern. Ich verspreche Ihnen Ihre treue Freundinn zu seyn; mehr können Sie nicht verlangen; es ist nicht in meiner Macht Ihnen mehr zu gewähren. Nehmen Sie die Gelegenheit an mit den beiden jungen Grafen zu reisen, und schlagen Sie das Amt für itzt noch aus. Sie sind noch jung, ein solches Amt bekommen Sie immer wieder. Ich bedaure jeden jungen Mann der sich so zeitig ankettet, eh' er die Welt ein wenig gesehen. – Folgen Sie, Edwich, das Reisen wird Ihnen gut thun.

Edwich.

Aber liebe Charlotte, wenn ich Ihnen folge – darf ich wol in Zukunft hoffen –

Charlotte.

Meine Entschliessungen sind unveränderlich. Ihre Freundinn, Ihre warme

theilnehmende Freundinn will ich bleiben.—
Und von nun an, Edwich, soll das Ka-
pitel von der Liebe unter uns abgethan
seyn. Sobald ich sehe, daß Sie wieder
genesen sind, so werde ich wieder freyer
nnd offener mit Ihnen umgehen; aber
legen Sie sichs nicht falsch aus, sonst
würd' ich mich ganz zurückziehen müssen.

Edwich.

Nun wohl, ich bin entschlossen. O
Charlotte! (Er ergreift ihre Hand, die
sie ihm läßt.)

Engel, will der Liebe Band
Nimmer mich mit dir vereinen,
O so laß mich vor dir weinen.
Laß mich nezen deine Hand
Mit den Thränen heiſſer Liebe,
Diese Hand, die mit der Meinen
Keine Zärtlichkeit verband.
Mit den Thränen heiſſer Liebe
Laß mich nezen deine Hand.
Engel, laß mich izt nur weinen,
Dort wird einſt der Liebe Band
Ewig mich mit dir vereinen.

(Er küßt noch einmal brünstig ihre Hand und
geht traurig fort. Im Hinausgehen blickt er
sich noch einmal um, und Charlotte sieht ihm
wehmüthig nach.)

Fünfte Scene.

Charlotte.

(allein, sanft und klagend)

Armer guter Edwich! — Ich verdiene
deine schöne Liebe nicht. — Du bist entschlossen? Und wozu? — Zu reisen, um
mich zu fliehen? Rieth ich ihm das nicht
selbst? — Oder was sonst? — Selmars
Beispiel nachzuahmen? Das würdest du
um meinetwillen nicht, wenn du auch für
dich selbst nicht stark genug wärest. Nein,
das thut Edwich nicht. — Und doch ist
mirs bang. Was wird er itzt leiden! —
Edwich, komm zurück, und sieh mein
Mitleiden. Ich — (warm und hastig)
Edwich, ich bin deine warme Freundinn;
du kannst keine wärmere finden. Mein
Herz — fast möcht' ich auf dich zürnen —

sind alle deine Plane, alle deine Lieblingsgrillen im Stande dir das zu gewähren,
was dir Edwichs zärtliche Liebe gewähren
kann? — Skoptisches Herz! so standhaft
und entschlossen du scheinst, so wünschest
du doch, daß du sein wärest, aber —deine
Aber!

Sechste Scene.

Hofräthinn Wiesenbach und Charlotte.

Hofräthinn.

Nun, Charlotte, du hast Besuch gehabt?

Charlotte.

Ja, liebe Mama!

Hofräthinn.

Was ist dir Mädchen? — Die Augen
stehen dir ja voll Wasser. —

Charlotte.

Nichts beste Mama.

Hofräthinn.

Ey was nichts! was ist das? Gleich
rede mir. Monsieur Edwich lief auch so.

muffig fort. Er hätte mich an der Treppe
bald umgerannt, der Träumer. Ich dachte
aber, du würdest ihm ein bischen den Kopf
gewaschen, und wie ich dir befohlen habe,
seine künftigen Besuche verbeten haben.

Charlotte.

Das hab' ich auch liebe Mama. Ich
hab' ihn gebeten mich nicht so oft mehr
zu besuchen.

Hofräthinn.

Gar nicht — es schickt sich einmal für
Mädchen nicht, von jungen Herren Besuche anzunehmen, und für eine Braut
noch weniger.

Charlotte.

Mama! —

Hofräthinn.

Nun was ist denn? Was weints denn?

Charlotte.

(ergreift ihre Hand und küßt sie.)

Liebste beste Mama, Sie sind eine so
gütige Mutter, Sie haben von meiner
Kindheit an so viele Liebe und Sorgfalt
für mich gehabt, so viel Kosten auf mich
gewendet, um mir meine Jugend ange-

nehm zu machen; ich erkenn' es mit der größten Dankbarkeit. ⸺

Hofräthinn.

Nun was weints denn aber?

Charlotte.

Das Glück meines ganzen Lebens liegt Ihnen gewiß eben so am Herzen, als das Glück meiner ersten Jugend, welches ich an ihrer mütterlichen Seite bisher so zufrieden genoß. ⸺

Hofräthinn.

Nun ja; drum geb' ich dich eben dem Herrn Kollmann, es haben gar viel Mädchen nach ihm geangelt, da drüben die Mamsell Specht hätt' ihn gar zu gern gehabt, und die Finkenbergen schnappt auch nach ihm.

Charlotte.

Wenn aber dieß das Unglück meines Lebens. ⸺

Hofräthinn.
(etwas böse.)

Pimperlepiu — darum weinst du also? Geh, geh; du wirst schon anders denken lernen.

Char⸗

Charlotte.

Ich haß ihn von Grund meines Herzens.

Hofräthinn.

(im vorigen Ton.)

Wer heißt dir aber das? -- Du sollst ihn nicht hassen.

Charlotte.

Er ist mir unausstehlich, liebste Mama.

Hofräthinn.

(eben so.)

Geh schweig, das ist albern gesprochen- — Weißt du wie reich Herr Kollmann ist?

Charlotte.

Und wenn er eine Welt besässe, so könnt' ich ihm meine Hand nicht geben.

Hofräthinn.

Er hat jährlich sechstausend Thaler Renten, und Titel kann er haben, was er für welche will. Dabey ists gar kein übler Mann, jung und artig. — Aber da steckt gewiß Monsieur Edwich dahinter. Ich glaube, das Närrchen ist gar in ihn

D

verliebt. Das Bücherbringen und das Vorlesen! — dacht' ichs doch immer.

Charlotte.

Liebste Mama, beurtheilen Sie mich nicht falsch. Ich habe einen natürlichen Widerwillen fürs Heirathen, und Koll-mann hat ihn ganz rege gemacht. Sie hätten ihn sehen sollen, wie er vorhin da war.

Hofräthinn.
(gelassener.)

Mädchen, du kömmst mir ganz kurios vor. Andere Mädchen können nicht früh genug Männer kriegen, und ich läugn' es nicht, ich bin auch so gewesen. Und du willst gar nicht heirathen? — Hm!

Charlotte.

Nein, liebe Mama; bis izt warteten und pflegten Sie mich: nun ist die Reih' an mir Sie wieder zu warten und zu pflegen.

Hofräthinn.

Ich dachte was mich biß! — Und ist das deine Ursache, so kannst du es ja noch viel besser, wenn du Herrn Kollmann heirathest. — Aber daran hast du izt nicht zu denken.

Charlotte.

Mama —

Hofräthinn.

(zuredend.)

Höre, Charlotte, laß dir das Faseln vergehen wenn du mich lieb hast! denn weiter ists doch nichts, seh' ich wohl. Komm, folge mir, und zeige daß du eine gehorsame Tochter bist. Herr Kollmann hat einmal mein Wort; und du weißt wie ich auf diesen Punkt. —

Charlotte.

Sie wissen, wie gern ich Ihnen gehorche; aber —

Hofräthinn.

Nun davon will ich eben einmal eine Probe sehen. Izt kömm zum Essen.

Charlotte.

Ich werde gleich nachkommen.

Siebente Scene.

Charlotte.
(allein.)

Wie kann doch eine Mutter, die sonst
so gut ist, das sichtbare Unglück ihrer
Tochter wollen? — Doch das will sie
nicht, Sie hält diese Verbindung für
mein Glück, und ist unwillig, daß ichs
von mir stoßen will. — Ach! ich fühle
die Worte „ so kannst du es ja noch viel
„ besser, wenn du Herrn Kollmann hei-
„ rathest. ” — Was soll ich anfangen?
Ihr gehorchen kann ich izt nicht mehr,
und wenn mirs das Leben kosten sollte. —
Und Edwich. —

Lieber Jüngling, dir entsagen
Könnt' ich izt um keine Welt.
Hast um mich durch Liebesplagen
Deine Jugend dir vergällt.
Willst du Liebe, treue Liebe,
Ohne Recht auf meine Hand:
O so werde Lieb' um Liebe
Unsrer Herzen festes Band.

Zweiter Akt.

Juſtizraths Wohnung.

Erſte Scene.

Marianne und Doktor Birkner,
(aus Selinens Zimmer kommend.)

Marianne.
(tief gerührt.)

Alſo keine Hofnung, liebſter Hr. Doktor?
Doktor.
Wenigſtens durch mich nicht; meine
Kunſt hat hier Grenzen. Wäre es eine
phyſiſche Urſache. ——
Marianne.
Wie würde Sie der Herr Juſtizrath
nicht belohnen!
Doktor.
Ohne Rückſicht darauf würd' ich alles

thun, was nur in meinem Vermögen
wäre: aber, ich muß Ihnen den elenden
Trost geben, daß ich wenig Hofnung habe.
Ich will noch vierzehn Tage abwarten,
und sehen was die Aderlässe und gelinden
Schweismittel ausrichten ; denn ist meine
Meinung sie in ein Bad zu führen, Aber
wie ich Ihnen sage, ich habe wenig Hofnung. Ihre Phantasie ist oft so wild,
so hastig —

Marianne.

Die arme Seline! so ein treflich gutes
herrliches Mädchen! doch sie empfindet ihr
Unglück nicht, aber der unglückliche Vater! er ist trostlos, daß er der Urheber so
vieles Elends geworden.

Doktor.

Ich fürchte, sein Jammer wird ihn
ebenfalls in eine Art von Melancholie
stürzen. Er zehrt sich ganz ab. Ich rieth
ihm auch in ein Bad zu gehen, aber er
will sich nicht von Selinen trennen.

Marianne.

Es wäre auch für Selinen besser,
wenn sie ihn eine Zeitlang nicht zu sehen

bekäme. Sie iſt auſſer ſich, wenn er zu
ihr ins Zimmer tritt. Sie kennt ihn
nicht, ſondern hält ihn für einen Mörder,
der ihr nach dem Leben trachtet. Geſtern
ſtand ſie vor dem Spiegel und puzte ihre
Haare und ihre Bruſt mit Blumen; ſie
phantaſirte ſo ſanft, daß ich mich der Thränen nicht enthalten konnte. Sie wards
gewahr, und ſchlang freundlich ihre Hände
um meinen Hals. „Gönnſt du mir nicht,
daß ich ſo glücklich bin?“ ſprach ſie voll
Wehmuth; und drückte mir einen Kuß
auf das Auge. „Weine nicht, Marianne,
dn wirſt auch einmal eine ſo glückliche
Braut werden. Mein Selmar hat dirs
oft prophezeyht.“ Indem trat der Herr
Juſtizrath herein. Sie that einen lauten
Schrey, fuhr auf mich zu, und ſchmiegte
ihr Geſicht um meinen Hals. „Hilf mir,
rette mich, ſchrie ſie ängſtlich, er will
mich umbringen.“ Der Vater war wie
ſinnlos. Ich bat ihn, ſich hinaus zu be-
geben, und dann führt' ich ſie auf ihr
Bette.

Doktor.

Dergleichen Auftritte suchen Sie ja zu verhindern. Schaffen Sie ihr alles aus den Augen, was unangenehme und heftige Wirkungen auf sie hat; sie muß den Vater itzt durchaus nicht zu Gesichte bekommen.

Marianne.

Sagen Sie ihm das selbst; er ist nicht davon abzubringen.

Doktor.

Das will ich —— und drum ists gut, der Herr Doktor geht noch früher ins Bad.

Marianne.

Er war willens seine Tochter selbst zu begleiten. ——

Doktot.

Das geht unmöglich an. Ich hab' ihm das Karlsbad vorgeschlagen, damit er etwas entfernt von ihr ist. Dort hab' ich einen alten Freund, der für seine Gesundheit und Zerstreuung Sorge tragen wird.

Marianne.

Und welches Bad halten Sie für Selinen am besten?

Doktor.

Ich hab' aufs Rönneburger gedacht. Es ist mir das Näheste; und das Geräusch ist dort auch nicht so groß, da es erst seit wenigen Jahren wieder entdeckt worden.

Marianne.

Da will ich also mit ihr hin.

Doktor.

Sie sind eine sehr edelmüthige Freundinn.

Marianne.

Warum deshalb edelmüthig, Herr Doktor? Wär' ich Selinens Freundinn gewesen, wenn ich sie izt verließe? Sie, die mein Alles war?

Doktor.

Großmüthiges Mädchen! die ganze Stadt bewundert Sie.

Marianne.

So hat die ganze Stadt Unrecht; und ich, ich seh' es ungern, daß Sie mirs

sagen. Meine Absichten waren lauter
und rein, und izt — auf Ehre! Herr
Dokter, ich wollte Sie hätten mir das
nicht gesagt. Doch ich vergeb' es Ihnen.

(Ein Bedienter tritt herein.)

Bedienter.

Hier ist ein Briefchen von Mamsell
Charlotten.

Marianne.

Ist ihr Mädchen da?

Bedienter.

Sie ist schon wieder fort; sie sagte,
sie könne nicht warten.

Marianne.

(zum Bedienten.)

Es ist gut.

(zum Doktor.)

Ich hatte heut einen Gedanken, Herr
Doktor, aber ich zweifle, daß Sie ihn
billigen werden. Ich dachte so Selinens
Zustand nach. Die unglückliche Nachricht, daß Selmar Todt sey, stürzte sie
in diesen unglücklichen Wahnsinn. Seitdem wähnt sie nun immer, er sey auf
Reisen, und erwartet seine baldige Zu-

rückkunft, um sich mit ihr zu verheirathen.
Wir haben sie bisher in dieser für sie glück-
lichen Träumerey gelassen. —

Doktor.

Und es wäre hart, sie daraus zu reissen,

Marianne.

Wenn es aber zu ihrer Genesung noth-
wendig wäre? — Ich habe immer gehört, daß Wahnsinnige, wenn sie unver-
merkt auf die Quellen ihres Uebels zu-
rückgeführt werden, oft wieder zu sich
selbst kommen, besonders wenn die mora-
lischen Ursachen gehoben werden können.
Das wäre nun wohl hier der Fall nicht;
aber ich denke so; wird Seline aus ihrer süssen Täuschung gerissen, so ist zwar
zu vermuthen, daß sie eine Zeitlang unglücklicher wird; aber ich glaube, ihre
traurige Phantasie wird allmählich in eine
stille Melancholie herabsinken, die anfangs
durch eine vertrauliche Theilnehmung ge-
nährt, und nur nach und nach zerstreut
werden muß. Dann wird meiner Meinung nach das Bad mit Nuzen zu ge-

brauchen seyn, nur muß sie nicht wissen, daß es zu ihrer Genesung beitragen soll.

Doktor.
(der ihr sehr aufmerksam zugehört.)

Ich glaube, daß Sie Recht haben, Mademoiselle. Selinens Zustand ist wohl für sie selbst so unglücklich nicht, weil sie ihr Unglück nicht fühlt; aber ihre Phantasie wird verwirrter, und wie Sie sagen, bekömmt sie schon izt Anfälle von Raserey, die freilich je länger, je gefährlicher werden. Ich rathe allerdings, daß Sie den Versuch machen, und zwar bald. — Sie werden es weiser einzurichten wissen, als ichs Ihnen sagen könnte. —

Marianne.
[freudig.]

Sie billigen es also doch ernstlich, Herr Doktor? — Denn ich bin ein unerfahrnes Mädchen —

Doktor.
Ich billige es nicht nur mit gutem Gewissen, sondern ich bewundere Ihre Einsichten; und wird Seline gerettet, so ist es Niemandem als Ihnen zuzuschreiben.

Leben Sie wohl, Mademoiselle. Sollt'
etwas vorfallen, so schicken Sie nur in
mein Haus. Ausserdem hab' ich die Ehre,
Sie morgen früh wieder zu sehen.

Marianne.
(noch freudiger.)

Gut, lieber Herr Doktor, ich empfeh=
le mich Ihnen. (ruft ihm bittend nach).
Sagen Sie aber ja nicht, daß dieser Vor=
schlag von mir kömmt.

Zwote Scene.

Marianne und Edwich.

Marianne.
(noch allein.)

Dießmal hört' ich mir gern Beifall ge=
ben. O könnt' ich die Retterinn meiner
armen Seline seyn! – Gott! (sie seufzt
hoch empor) gieb' mir für alle gehabte
Wünsche meines Lebens nur dieses Ein=
zige. (Es pocht jemand; sie sieht nach der
Thüre.) Kommen Sie näher, Herr Ed=
wich; seyn Sie willkommen.

Edwich.

Ich habe mich lang nach Ihnen ge=
sehnt, und heut hab' ichs nicht übers Herz
bringen können, meinen Besuch aufzu=
schieben.

Marianne.

Da haben Sie wohl gethan. Es freut
mich recht sehr, daß ich Sie einmal sehe.

Edwich.

Und wie gehts Ihnen denn? Sie be=
finden sich wohl?

Marianne.

Gott sey Dank für die Gesundheit die
er mir giebt!

Edwich.

Und Seline? ——

Marianne.

Befindet sich leider! wie gewöhnlich.

Edwich.

Schwebt sie noch immer in der Hof=
nung, daß ihr Selmar bald zurücktom=
men wird?

Marianne.

Immer noch; aber der Herr Dok=
tor meint, es sey besser itzt ein wenig grau=

sam gegen sie zu seyn, und sie aus ihrem süssen Traum herauszureissen. Er vermuthet, daß dadurch eine grosse Veränderung in ihrer Seele vorgehen werde, und daß man eher Hofnung zu ihrer Genesung haben könne, wenn sie in eine Melancholie drüber verfiele.

Edwich.

Vielleicht hilft ihr Gott! Ich glaube selbst, daß dieser Versuch von glücklichem Erfolg seyn kann.

Marianne.
(freudig.)

Glauben Sie? — O wenn Gott seinen Segen dazu gäbe!

Edwich.

Aber Grausamkeit ists doch. Mein Verstand ist so ziemlich zerrüttet, liebe Marianne, und wenn meine Sinne in eine so glückliche Täuschung gerathen sollten, und sie mir Jemand nähme — ich würde den für meinen ärgsten Feind halten.

Marianne.
(theilnehmend.)

Was kann Ihnen zu so schwermüthigen Gedanken Anlaß geben, Edwich?

Edwich.

Mein Unglück, liebe Freundinn. Sie wissen -- wenigstens hab' ich Ihnen kein Geheimniß draus gemacht, — daß ich Charlotten liebe. Auf eine Verbindung mit ihr, habe ich meine ganze irdische Glückseligkeit gebaut, und diese ist zerstört, unwiederbringlich zerstört.

Marianne.

Wie so? Herr Edwich. Ich habe längst mit Vergnügen gesehen, daß Sie Charlotten lieben; und so viel ich bemerkt habe, ist sie nicht unempfindlich gegen sie gewesen.

Edwich.

Auch ich glaubte mich geliebt — aber sie hat mir heut diesen Irthum gänzlich genommen.

Marianne.

(greift in die Tasche nach Charlottens Briefe.)

Verzeihen Sie, Herr Edwich. Ich bekam vorhin ein Briefchen von ihr, als der Herr Doktor zugegen war, und bald hätt' ichs gar vergessen.

Edwich

Edwich.

Scheniren Sie sich nicht.

Marianne.

(ließt den Brief, und nachdem sie ihn für
sich gelesen.)

Bedauren Sie die arme Charlotte,
und geben Sie Ihre Hofnung nicht auf,
sie liebt Sie gewiß. Ihre Mutter will,
sie soll den Herrn Kollmann heirathen.

Edwich.

Diesem wird sie nun wohl widerstehen. Ich war heut zugegen, wie er ihr
seinen Besuch machte. Vorher war sie
zwar entschlossen, ihrer Mutter zu gehorchen, aber nach einer solchen Aufführung,
wie diese war, konnte sie bey diesem Entschluß unmöglich bleiben.

Marianne.

Das ist eben ihr Leiden; aber ihre Mutter dringt vom neuen in sie, dem Kollmann noch heut ihr Versprechen zu geben.

Edwich.

Gott! wie gern will ich ihrer entsagen,
wenn sie nur standhaft genug ist, sich nicht
selbst ins Unglück zu stürzen.

E

Marianne.

Ich glaube, sie hat Stärcke genug sich ihrer Mutter zu widersezen, so sehr sie sie sonst liebt. — Hoffen Sie Edwich, heitern Sie sich auf; es kann noch alles gut ge= hen; vielleicht wird sie doch noch die Ihrige.

Edwich.

Nein, Marianne, sie wirds nicht; sie will es nicht werden.

Marianne.

Sie will es nicht werden?

Edwich.

Ihre Freundschaft hat sie mir zugesagt, aber keine Liebe. Sie will sich nicht ver= heirathen.

Marianne.

Ich weis wohl Charlotte schwärmt ein wenig: doch Edwich, sie ist ein Mädchen wie andere Mädchen, aber ein vortresti= ches Mädchen; und hat ein Herz wie an= dere Mädchen; aber ein vortresliches Herz. Sie hat so ihre Lieblingsgrillen; aber ich glaube, sie sind zu besiegen.

Edwich.

Nein, Marianne, sie ist fest entschlossen, sie will nie lieben.

Marianne.

Ich kenne ja Charlotten. — Was wet-
ten Sie, sie will lieben und geliebt seyn?

Edwich.

Würde sie mich haben können so leiden
sehen, wie ich vor ihren Augen gelitten
habe? O mein Unglück ist nur zu gewiß.

Sie liebt mich nicht,
Und wünscht mich nicht zu lieben.
Mein krank Gesicht
Soll sie nicht mehr betrüben.
Ich eile fort,
Wohin mein Schicksal winket,
Bis an den Ort
Der Ruh, mein Körper sinket.

Sonst so beglückt
Und izt — wie so verlassen!
Der Kummer drückt,
Kaum kann mein Geist sich fassen.

E 2

Doch ist mirs Pflicht
Ihr Auge nicht zu trüben,
Sie liebt mich nicht,
Und wünscht mich nicht zu lieben!

(Marianne hat ihm mit tiefer Rührung zugehört. Auf einmal scheint sie aus einem langen Nachdenken freudig zu sich selbst zu
kommen, als wenn sie ein Mittel für sein
Glück gefunden hätte, welches sie dem
Edwich so viel als möglich zu verbergen
sucht.)

Marianne.
(weichmüthig.)

Sie dauren mich, lieber Edwich;
und Sie sinds werth, daß Ihnen Charlotte diese Thränen der Liebe abtrockne.

Edwich.

Gute Marianne! Was ists für ein
Trost im Unglück, seine Klagen in ein
freundschaftliches Herz ausschütten zu können, besonders in ein sanftes weibliches
Herz!

Marianne.
[vertraulich.]

Edwich, haben Sie Zutrauen zu mir?

Edwich.

Was fragen Sie Marianne?

Marianne.

Nun Edwich — (reicht ihm die Hand)
ich verſprech' Ihnen Charlotten. Noch
heut vielleicht ſollen Sie glücklich werden.

Edwich.

Verſprechen Sie nicht, was Sie nicht
halten können.

Marianne.

Ungläubiger!

Jedes Mädchen hat ein Herz,
Und ein Herz voll Liebe.
O es fühlt des Jünglings Schmerz,
Und des Jünglings Liebe.

Oft für Luſt
Hüpft die Bruſt,
Hüpft für lauter Leben;
Hat im Sinn
Sich ihm hin
Ewig hinzugeben.

E 3

Wie sie dann wallt und bebt!
Aengstlich hin nach ihm strebt!
Von Mund und Blicken
Schleicht sich Entzücken
Ihm in die Brust,
Und wandelt Plagen
Von vielen Tagen
In Herzenslust.

Jedes Mädchen hat ein Herz
Und ein Herz voll Liebe,
O es fühlt des Jünglings Schmerz,
Und des Jünglings Liebe.

Edwich.

Liebe Marianne! Sie haben gewiß
auch geliebt, oder lieben noch?

Marianne.

(etwas lustig scheinend.)

Das ist eine Gewissensfrage. Aber
daß Sie sehen, wie gutherzig ich bin, so
will ich sie Ihnen bejahen. (ernsthafter.)
Ich habe geliebt, und liebe noch, und
will immer lieben.

Edwich.

Vermuthlich sind Sie auch glücklich?

Marianne.

(bedenklich.)

Nein, Edwich, das bin ich nicht.; aber standhaft genug, nicht unglücklich zu werden.

Edwich.

Lehren Sie mich dieses, wunderbares Mädchen.

Marianne.

(halb scherzhaft aber theilnehmend.)

Itzt haben Sie's noch nicht nöthig. Wenn Sie es einmal brauchen, so kommen Sie nur wieder zu mir.

Edwich.

Nur allzusehr werd' ich's brauchen, Marianne. — Aber sagen Sie, woran stößt sichs, daß Sie nicht glücklich sind? Ist Ihnen Ihr Geliebter ungetreu geworden?

Marianne.

O er war mir nie treu.

E 4

Edwich.

Nie treu? — So mußt' er weder Augen
noch Herz haben.

Marianne.

Beides; er sah und fühlte — (traurig
lächelnd) aber nicht für mich.

Edwich.

Also hat er Sie nie geliebt?

Marianne.

(seufzt.)

Nein.

Edwich.

Und Sie haben keine Hofnung?

Marianne.

(zärtlich.)

In dieser Welt nicht, Edwich. Er
kann nicht mehr mein werden; er gehört
schon einer Andern. — (wieder munter.)
Doch was red' ich Ihnen davon vor? Sehen Sie, wie schwach wir Mädchen sind.
Aus Liebe zu Ihrem Glück hab' ich Ihnen
mein ganzes Geschlecht verrathen; umsonst will ichs gewiß nicht gethan haben.

Edwich.

Charlotte wenigstens macht hier eine

Ausnahme. Sie scheint sich selbst genug
zu seyn, ohne das Bedürfnis der Liebe zu
haben. — Ich will Ihrem Beispiele nachahmen, Marianne, Charlotten immer fort
lieben, aber mich von hier entfernen! sie
nie wiedersehen.

Marianne.

Und das Amt im Stich lassen? — Edwich, Edwich, machen Sie keinen dum-
men Streich.

Edwich.

Was kann ich bessers thun, als von
hier weggehen? Und hierzu hab' ich die
beste Gelegenheit, ich soll die beiden jungen Grafen auf ihren Reisen begleiten. —
Charlotte selbst hat mir dazu gerathen.

Marianne.
(nachdenkend.)

Versprechen Sie mir wenigstens bis
morgen nichts zu thun.

Edwich.

Ungeachtet ich keinen Nuzen daran sehe,
so will ichs Ihnen doch versprechen.

Marianne.

Aber folgen müssen Sie mir.

Edwich.

Wenn ich kann.

Marianne.

Abends nach neun Uhr finden Sie sich bey Selmars Grabmahl ein, da werd' ich mehr mit Ihnen sprechen. Ich will Selinen hinführen, und auf Anordnung des Herrn Doktors, den Versuch machen, was diese Entdeckung in ihrem Verstand für Wirkungen machen wird.

Edwich.

Gott gebe, daß es glücklich abläuft. Gut, ich erwarte Sie da; leben Sie indessen wohl, liebe Marianne.

Dritte Scene.

Marianne und Seline.

(in einem weissen Kleide mit herabhangenden Haaren kömmt eiligst ins Zimmer gesprungen, und ruft nach Selmarn.)

Seline.

Selmar! Selmar! halt! -- (weinerlich) Und du lässest ihn gehen, Marianne? Bist du mir auch feind geworden?

Marianne.
(sanft und beruhigend.)

Lieber Engel, wie sollt' ich dir feind
werden können?

Seline.

So geh, lauf, und ruf' ihn zurück.

Marianne.

Es war ja nicht Selmar, der hier
war.

Seline.

Freilich war er's. Ich habe gehorcht,
Mädchen, lüge mir nicht, es war
Selmar. Ich hörte seine liebe sanfte
Stimme wohl; er sprach viel von Liebe,
und nannte auch meinen Namen.
(Sie hüpft für Freuden herum.)

Marianne.

Gewiß, er war's nicht. Er brachte
mir die Nachricht, daß er bald kommen
würde.

Seline.
(freudig.)

Daß er bald kommen würde? — O wie
will ich mich freuen! mich an seinen Hals
hängen! (tritt vor den Spiegel) Bin ich
auch noch schön, Marianne? [Sie

nimmt ihre Haare von beiden Seiten und hält sie unterm Kinn zusammen.] So sah er mich am liebsten, so will ich ihn auch empfangen. — Höre, Mädchen, bin ich so wirklich schön?

Marianne.

Ja, meine gute Seline, du bist schön.

Seline.

Du bist auch schön, Marianne. Wenn ich nur einmal meinen Selmar wieder habe, dann soll er dir auch einen so lieben Jüngling suchen. — O Selmar! Selmar! mein Herz springt für Freuden.

Marianne.

Der Abend scheint heute sehr schön zu werden, liebes Kind: ich dächte, wir machten einen kleinen Spaziergang ins Nachtigallenwäldchen. Es ist ja gleich hintern Garten, und die Nachtigallen schlagen gar zu schön.

Seline.

Bravo, Mädchen, da wollen wir hin, ja ins Nachtigallenwäldchen.

Marianne.

Und da wollen wir das Grab eines Jünglings besuchen, der für Liebe starb.

Seline.
(traurig.)

Für Liebe starb? Ich glaube Selmar
stürbe auch, wenn ich ihn nicht liebte.

Marianne.

Es heißt das Liebesgrab, und ist mit
einer Urne geziert.

Seline.

Das Liebesgrab! — Es klingt doch
schön das Liebesgrab. Wart, ich habe
drinn so schöne Rosen. Ich will einen
Kranz davon binden, und ihn auf den
Abend drum hängen.

(Sie tanzt hinein, und kömmt bald mit
einem Körbchen voll Rosen zurück.)

Marianne.
(ihr nachgehend, für sich.)

Du armes Mädchen, wüßtest du, wem
du deinen Rosenkranz bringen wolltest!

Seline.

Komm Marianne, hilf mir.
(Marianne hilft ihr.)

Ward denn der arme Jüngling nicht
wieder geliebt?

Marianne.

Ach! er wards; und er wurde ihr
entrissen.

Seline.

Und das Mädchen? — (haſtig) Wenn mir Selmar entriſſen würde, Selmar, mein Einziger, mein Abgott! — Kömmt das Mädchen oft zu ſeinem Grabe?

Marianne.

O das arme Mädchen hat ihren Verſtand drüber verloren.

Seline.

Traurig! Traurig! — Ja wir wollen hin, Marianne. — Die Knoſpen da nimm nicht; es müſſen lauter aufgeblühte ſeyn, die bald ausfallen. Du weißt ja wie ich immer ſinge.

(ſie ſingt, aber ohne Akkompagnement.)

Der Jugend ſchöne Zier
Gleicht dieſen Roſen hier.
In Knöſpchen liegt enthüllt
Der Schönheit ſchönes Bild.

Doch bald, ach! bald verblühn
Sie wie die Jugend hin.
Schönheit vergeht im Grab,
Die Roſen fallen ab.

Vierte Scene.

Die Vorigen und der Juſtizrath,
(der ſie ſchon eine Zeitlang mit angehört.)

Juſtizrath.

Biſt du ſo vergnügt, meine liebe Toch=
ter?

Seline.

(ſieht ſich um, und erblickt ihren Vater.)

Uh! uh! Marianne! ſteh mir bey,
er iſt ſchon wieder da, er will mich um=
bringen. Uh! uh!

(Sie ſchreyt überlaut, läuft in einem Kreis
umher, und dann in ihr Zimmer. Der
Vater will ihr folgen.)

Juſtizrath.

Ich bin dein Vater.

Marianne.

Ich bitte Sie um Gottes willen, Herr
Juſtizrath, folgen Sie ihr nicht ins Zim=
mer, ſie geräth auſſer ſich. Sie kennt Sie
nicht; meiden Sie ſie doch nur izt. Sie
machen ſonſt übel ärger. — Ich will ſehen
was ſie macht.

(geht hinein.)

0

Fünfte Scene.

Der Justizrath.

(allein, jammersvoll und trostlos.)

Jammer ohne Ende! Elendester unter
allen Vätern! Sie hält mich für ihren
Mörder — und bin' ichs nicht? Bin ich
nicht noch mehr als ihr Mörder? Wer ist
Schuld an allem? Wer anders als ich? —
Sie war so ein liebes gutes Mädchen, mein
Stolz, meine Freude, der Trost meines
Alters! — Oh! (knirscht mit den Zähnen.)
Verfluchter Eigennuz! — Ich erzog sie
bis zur Blüte, und dann richtete ich sie zu
Grunde. Für wen spart' ich das alles?
Spart' ichs nicht für sie, um sie glücklich
zu sehen? — Grausamer Vater! sieh nun,
ist sie nicht glücklich? — Sie sang. — Und
du bist der Urheber dieses Glücks! meints
Seline auch? — O meine Tochter, meine
Tochter!

Sechste

Sechste Scene.

Justizrath und Marianne.

Marianne.

(im Hereintretten.)

Mäſſigen Sie Ihren Schmerz. Ich habe ſie wieder beruhigt. Sie hat ſich ein wenig aufs Bette gelegt; denn der Schrecken mattet ſie immer ſehr ab.

Juſtizrath.

Meine arme Tochter ! Du kennſt deinen Vater nicht mehr ? – Du haſt Recht, er war nie dein Vater, dein Tyrann war er.

Marianne.

Aber warum quälen Sie ſich ſo ?

Juſtizrath.

Laß mich, Marianne; dieſe Qual iſt noch zu gelind für mich. Aber ich fühle ſie kommen. Itzt hindert die Betäubung noch, daß das Gewiſſen nicht aufwacht.

Marianne.

Sie müſſen ſich dieſe traurigen Vorſtellungen nicht immer wieder erneuern;

lieber Onkel. Folgen Sie dem Rathe
des Herrn Doktors, und gehen Sie ins
Karlsbad; heitern Sie sich auf, und
brauchen Sie den Brunnen.

Justizrath.

Und ich soll mich noch gar von ihr trennen, und täglich, ja stündlich in Sorgen
schweben, was sie mache?

Marianne.

Ich will Ihnen mit jedem Posttage
Nachricht geben. Machen Sie immer An-
stalt zur Reise, sie dient ja zu ihrer Gesundheit. Und Sie müssen sich doch von
ihr trennen, denn Seline soll auch in
ein Bad.

Justizrath.

So will ich mit ihr.

Marianne.

Lieber Onkel, wenn Ihnen Selinens
Genesung am Herzen liegt, so stehen Sie
davon ab. Sie sehen ja, was sie bey ihrem Anblick immer empfindet.

Justizrath.

Und du, meine liebe Marianne, willst
sie begleiten? — Gott! was bin ich dir

nicht schuldig! du bist ein liebenswürdiges braves Mädchen. Du liebtest meine Seline immer wie dich selbst, und sie liebet dich wieder so. Waret ihr doch wie ein paar leibliche Schwestern. — Du sollst meine zwote Tochter seyn, wenn du dich nicht auch scheust, mich Vater zu nennen. Ich habe dir auch viel Leiden gemacht, vergieb mir.

Marianne.

Beruhigen Sie sich doch, lieber Onkel, und fassen Sie Muth. Es ist noch nicht alle Hoffnung zu ihrer Genesung verloren.

Justizrath.

Möchtest du wahr reden, gutes Mädchen! — Aber du bist gar nicht mehr so munter, und du kömmst fast gar nicht aus, du wirst auch krank werden.

Marianne.

Der Garten ersezt mir das; er ist groß genug mir Bewegung zu machen. Und aus Gesellschaften, wissen Sie, mach ich mir ohnedieß nicht viel.

Justizrath.

Aber du giengst doch sonst gern zu Char-

F 2

lotten. Ihr wäret immer so ein Klee-
blatt.

Marianne.

Sie wird heut zu mir kommen. Das
arme Mädchen ist sehr übel dran. Ihre
Mutter besteht darauf, daß sie Kollmann
heirathen soll, und Charlotte haßt ihn von
Grund des Herzens.

Justizrath.

Können Eltern, und noch dazu eine
Mutter nach so einem Beispiele? — Doch
ich will zu ihr hin, will nichts thun, als
ihr die Marter beschreiben, die ich fühle;
und sie soll zurückschrecken vor mir. Brav,
Weib, will ich zu ihr sagen; bringe deine
Tochter auch von Sinnen, morde ihr
Liebstes, so hab' ich Gesellschaft. — Teuf-
lische Gesellschaft!

Marianne.

Wenn Sie zu ihr gehen wollen, so
schonen Sie sie ja. Sie liebt Charlotten;
sie glaubt nur mehr für ihr Glück zu sorgen, als sie selbst. —

Justizrath.

Dacht' ichs nicht auch? — Sehen Sie,

Madam, wie ich gesorgt habe, will ich ihr sagen. Und zu Selinen will ich sie führen, daß sie sieht, wie sie's ihrem Vater dankt. — Morgendes Tages will ich zu ihr hin.

Marianne.

Sie soll noch heut ihr Versprechen von sich geben.

Justizrath.

So will ich den Augenblick hin. Glaubst du, Marianne, daß es noch Zeit ist?

Marianne.

Zeit ists ganz gewiß noch. Charlotte will vorher noch zu mir kommen; ich erwarte sie eben. Bitten Sie ihre Mutter, daß sie heute den ganzen Abend hier bleiben darf.

Justizrath.

So laß mirs gleich sagen, Mariannchen, wenn sie da ist, damit ich die Mutter allein habe.

Marianne.

Ja, lieber Onkel, ich will es Ihnen gleich sagen lassen.

(der Onkel dreht sich noch einmal um.)

Juſtizrath.

Wenn ich zurück bin, will ich dich ſchon rufen laſſen.

Marianne.

Gut, mein lieber Onkel.

Siebente Scene.

Marianne,

(allein.)

Unausſprechliche Freude durchwallt mein Herz. — Wie lieb iſt mirs, daß er mir zuvor kam! O ich ahnde Euch glück= lich zu ſehen, Euch noch heute glücklich zu ſehen, ihr Lieben. Charlotte, du wirſt ein gutes Weib werden; und du lieber Edwich (ſie ſeufzt) ein zärtlicher und treuer Gatte. — Aber Marianne, du biſt ein närriſches Mädchen. Du biſt froh und ſeufzeſt doch? Ich will dich rechtfertigen empfindliches Herz; es geſchah wider Deinen Willen. „Er kann nicht mehr „mein werden, er gehört ſchon einer An= dern.„ Ich glaube, das hat ihm ſeinen

Argwohn wieder benommen, wenn er ja einen gefaßt hatte. Doch Liebende sehen und fühlen selten etwas als den geliebten Gegenstand und ihre Liebe. — Und wären meine Augen unvorsichtig genug gewesen, ihm etwas daraus lesen zu lassen, so will ichs schon wieder auszulöschen suchen.

Armes Herz bey deinen Freuden
Nagt dich doch ein heimlich Leiden,
Aber hoffnungslose Liebe
Wird auch endlich kalt und stirbt.

Unterdrücke diese Triebe,
Laß der Freundschaft sanft Vergnügen
Deinen stillen Schmerz besiegen,
Eh' er deine Ruh verdirbt.

Achte Scene.

Marianne und Charlotte.

Marianne.

Sey willkommen, liebes Herz.
(Sie küssen sich.)

Charlotte.

Hast du mich noch lieb, gute Marianne?

Marianne.

Kannst du fragen? Liebt' ich euch
zwey, dich und Selinen nicht immer wie
mein Leben? Nur izt konnt' ich nicht zu
dir kommen, wenn du das meinst.

Charlotte.

Bestes Mädchen, dieses Fehlers hab'
ich mich mehr schuldig gemacht als du.
Du kanst nicht weg; aber ich -- doch Gott
weiß, ich bin auch nicht Schuld daran --
meine Mutter. ----

Marianne.

Schweig davon; sehen wir uns doch
izt, und lieben einander noch wie zuvor.
— Stehts noch so, wie du mir schrie-
best?

Charlottte.
(dringend.)

Ja, liebste beste Freundinn; rathe mir
was soll ich thun?

Marianne.

Muthig widerstehen, wenn deine Mutter darauf beharren sollte.

Charlotte.

O sie beharret darauf, in einer Stunde fordert sie mein Jawort.

Marianne.

Verzeih Lottchen! [Sie geht nach Seslinens Thür und ruft sachte ihr Mädchen heraus, spricht heimlich mit ihr, und darauf laut.] Sey aber gleich wieder da.

(zu Charlotten.)

Nimm's nicht übel, meine Beste, ich mußte etwas bestellen.

Charlotte.

All mein Bitten und Flehen half nichts; ich sagt' ihr, daß ich keine Lust zum heirathen hätte; sie schalt mich ein einfältiges Ding — O ich weis für Angst nicht was ich anfangen soll.

Marianne.

(schließt sie in ihre Arme.)

Sey ruhig, meine Charlotte; ich denke, es wird alles gut gehen. Eben ist mein Onkel zu ihr gegangen, der wird ihr schon zureden; und hört sie die Vorstellungen meines Onkels nicht, so hast du dir kein Gewissen darüber zu machen, wenn du ihr nicht gehorchst.

Charlotte.

(weint.)

O Marianne, was werd' ich drum zu

leiden haben! sie wird glauben, ich bin
deswegen hergegangen, und ich sagt' ihr,
du hätteſt mich auf eine halbe Stunde zu
dir bitten laſſen.

Marianne.

Fürchte nichts, gutes Kind, sie wie-
derſteht ihm gewiß nicht. [Das Mädchen kömmt zurück, und geht ſanft wieder in Selinens Zimmer.]

Charlotte.
(weint noch.)

O Marianne!

Marianne.

Du wirſt ſehen, Liebe; weine nicht,
er bringt ſie gewiß davon ab. --- Aber was
machſt du mit Edwich? bald könnt' ich
böſe auf dich ſeyn.

Charlotte.

Warum?

Marianne.

Er liebt dich ſo treu, ſo unausſprech-
lich zärtlich, als du in deinem Leben nicht
geliebt werden wirſt.

Charlotte.

Ich will auch nicht geliebt werden.

Marianne.

Bist du ein Mädchen, oder bist du keins? — Sag. mir nicht, daß du nicht geliebt werden willst. ...So ein zärtliches gutes Herz, und nicht wünschen geliebt zu werden — das wär' ein ganz apartes Herz.

Charlotte.

Woher weißt du dann? —

Marianne.

Daß du ihn abgewiesen? — Er war bey mir, und hat Abschied von mir genommen.

Charlotte.

(ängstlich.)

Abschied? und wo will er dann hin?

Marianne.

Mit den Grafen reisen. Er sagte du hättest es ihm selbst gerathen.

Charlotte.

(betroffen.)

Hat er nicht gesagt, daß er auch von mir Abschied nehmen will?

Marianne.

Er will dir schreiben, daß er dich nie wiedersehen wird.

Charlotte.
(unruhig.)

Kannst du das auch rechtfertigen? Verdiente nicht meine Freundschaft gegen ihn, daß er mündlich von mir Abschied nähme?

Marianne.

Er würde seinem Schmerz freyen Lauf lassen, sagt' er, und du würdest dann noch unwilliger auf ihn werden.

Charlotte.

Wenn er meint! — Marianne, ich bin unruhig, und doch konnt' ich nicht anders.

Marianne.

Konntest nicht anders? — Hör', Mädchen; du hast immer deine Grillen gehabt, so gut du bist. Es ist einmal Zeit, daß du sie verjagst. Sage, warum willst du den Edwich nicht heirathen?

Charlotte.

Weil ich gar nicht heirathen will.

Marianne.

Und warum nicht?

Charlotte.

Weil ich immer geglaubt habe, daß ich in der Ehe nicht glücklich seyn werde. Die Freiheit ist ein gar zu grosses Geschenk vom Himmel. —

Marianne.

Geh Närrchen! Ist das Sklaverey, wenn man unumschränkt über ein Herz herrscht? — Und du herrschest ganz über Edwichs Herz.

Charlotte.

So lange man geliebt wird, ists wahr. Wie aber, wenn die Liebe allmählich kälter wird oder gar aufhört? —

Marianne.

Edwichs Liebe gegen dich wird nie erkalten; sie ist auf die zärtlichste Freundschaft gegründet. Ich weis gewiß, er liebt dich deines Herzens, und weder deiner Schönheit noch deiner Talente wegen.

Charlotte.

Diese laß beiseite, Marianne. — Meine Liebe muß aber doch auch dabey in Rechnung kommen; und ich lieb' ihn einmal nicht — seine Freundinn, seine treue theilnehmende Freundinn kann und will ich seyn. ———

Marianne.

Schwesterchen, du hintergehst dich selbst. Gesteh, es ist dir nicht recht, daß dich Edwich nicht wieder sehen will ?

Charlotte.
(ihre Unruhe verbergend.)
Wenn er es für gut hält -- warum nicht?

Marianne,

Das ist nicht die Sprache des ruhigen Herzens -- — wenn er es für gut hält. Betrüge dich nicht Charlotte, es könnte dir sonst vielen Kummer in die Zukunft machen. Sieh, ich bin deine Freundinn, deine dich immer noch zärtlich liebende Marianne. Sey vertraulich, sey aufrichtig gegen mich. Ich sah dirs lang an, daß du ihn liebtest. Ich will nicht hoffen, daß dir kleine Leidenschaften im Wege stehen, dieser Neigung Raum zu verstatten. Deine Seele kann unmöglich an der Bewunderung deiner Talente, deiner Schönheit, die natürlicher Weise ein Mädchen eine gewisse Zeitlang immer mehr als eine verheirath-

te Frau zu erwarten hat, Gefallen finden,
noch weniger an der Anbetung junger und
alter Gecken die du verachtest — darauf
kenn' ich dich zu gut, Charlotte. Sage was
sonst dem Triebe der Liebe in deinem Herzen das Gewicht hält?

Charlotte.
(nimmt sie bey der Hand.)

Der Gerechtigkeit, die du mir wieder-
fahren lässest, bin ich es schuldig, dir
meine wahren Ursachen zu eröffnen. Marianne, ich bin ein Mädchen welches das
Gute und Böse seines Geschlechts kennen
gelernt hat. Mit innigem Verdruß hab'
ich gesehen, wie es immer mehr von seiner wahren Bestimmung abweicht und
herabsinkt. Nichts ist daran Schuld als die
Erziehung. Keineswegs tadl' ich daran,
daß man sie in Wissenschaften und schönen
Künsten unterrichten läßt. —

Marianne.

Und doch mein' ich, ist dieß keine ge-
ringe Ursache davon — doch weiter.

Charlotte.

Ich halt' es nicht dafür; sondern der

Fehler liegt meinen Gedanken nach darinn,
daß man sie nur zu viel Werth drauf sezen
läßt, und sie in dem häuslichen Wesen ganz
und gar verabsäumt. Wenn ein Mädchen
14 bis 15 Jahr alt ist, ganz artig auf
dem Flügel spielen, ein bischen zeichnen
kann, schön tanzt, französisch auch wohl
etwas italiänisch oder englisch redet, und
dabey ein hübsch Gesichtchen hat — so
wird sie schon eine Hauptperson in der
Gesellschaft, und da möcht' ich die Mannsperson sehen, die sich nicht an sie andrängt;
Oft braucht sie nicht einmal die Hälfte dieser Eigenschaften zu haben. So ein Mädchen wird auf einmal verdorben, und zu
ihrer ganzen künftigen Bestimmung un-
tüchtig. Sie wird stolz und versäumt
darüber die Bildung ihres Herzens, weil
sie alle ihre Gedanken zu Ausbildung ihres
Talents, oder zur Verschönerung ihres
Körpers und ihres Puzes anwendet. Und
man gebe Acht, ob man bey den meisten
Frauenzimmern, welche von Seiten ihres
Talents Verdienste haben, auch Verdienste des Herzens finde. Es ist wahrlich etwas

was seltenes. Entweder sie werden stolz,
kennen weiter nichts als die Befriedigung
ihres Stolzes, nehmen die Schmeicheleyen
der Mannspersonen als ihnen schuldige
Opfer an, und werfen alle in eine Klasse
zusammen: oder sie werden frühzeitig
leichtsinnige Koketten, treiben Liebeshän-
del, sind flatterhaft, schäzen ihre Schmeichler am höchsten — und jede von diesen
beiden Klassen weis dabey so viel innern
Werth und äusserliche Liebenswürdigkeit zu
affektiren, daß mancher gute junge Mensch
sein Herz und seine Ruhe dabey verliert,
sich, sein Vermögen und seine Aussichten
oft umsonst, und oft zu seinem beständi-
gen Unglück hingiebt. Werden sie nun
Weiber, so sind sie ihren Männern zur Last.
Die Haushaltung verstehen Sie nicht; reines
Lieb' und Freundschaft gegen ihre Männer haben sie nicht, denn sie haben sie nie
gekannt; sezen ihr voriges Leben getrost
fort, ohne sich sonst um etwas zu beküm-
mern, und ziehen nach ihrem Muster wieder Töchter auf, die der Abdruck ihrer
Mutter werden.

E

Marianne.

Ich kann dir nicht Unrecht geben. Dein
Eifer gefällt mir Charlotte. Du bist eine
genaue Beobachterinn deines Geschlechts.

Charlotte.

O ich bin so voll davon! — Und wenn
man wieder Mädchen nimmt, die wirklich
gut sind, und so glücklich als liebenswür-
dig wären, wenn sie ihren wahren Charakter nicht zu verstellen gelernt hätten,
oder verstellen zu müssen glaubten. —

Marianne.
(sieht sie lächelnd an.)

Nun Charlottchen? —

Charlotte.
(betroffen.)

Ich weis was du sagen willst. Aber
höre mich aus. — Wenn man solche nimmt—
nun hast du mich auf einmal irre gemacht.
Also vollends heraus. Ich will mich künftig der Erziehung junger Mädchen widmen.
Ich weis noch ein Mädchen, das zu mir
paßt, und eben so über diesen Punkt denkt,
wie ich. Ich habe den Gedanken schon
längst, und er ist mein Lieblingsgedanke.

geworden. Kein andrer kann neben ihm
aufkommen. — Uebrigens kennst du un=
fere Umstände Marianne. Ich denk' auch
dadurch meiner Mutter einige Sorgen ab=
zunehmen, daß sie besser auskommen kann.
Ich möchte gern das in ihrem Alter für
sie thun, was sie in meiner Jugend für mich
gethan hat. Drum kann ich auch dem
Edwich meine Hand nicht geben. Edwich
hat ebenfalls kein Vermögen; und meinen
Lieblingsplan müßt' ich dann schlechter=
dings aufgeben. Und das kann ich nicht,
und will auch nicht. Hätt' ich Kollmann
genommen, so hätt' ich es blos um dieser
Ursachen willen gethan. Aber ich wünsche
ledig zu bleiben. Als Frau — wie viel
andre Pflichten hätt' ich da nicht noch da=
neben? Ausserdem gesteh' ich dir eben so
aufrichtig, daß bey andern Umständen
meine Wahl, wenn sie frey wäre, auf
keinen Andern als auf Edwich fallen wür=
de. Denn was soll ich dirs läugnen, ich
wünsche mit ihm zu leben, aber nur durch
keine Heirath, nur durch keine Heirath.

Marianne.

Ich sehe nun wohl wo der Knoten liegt; und zum Glück kann der noch gelöset wer= den. Du bist ein vortrefliches edeldenken= des Mädchen, und ich glaube, du wirst reussiren. Aber für puren lieben Enthu= siasmus siehst und fühlst du itzt nicht was du doch einmal sehen und fühlen wirst.

Charlotte.

Und was Marianne? Es ist reifliche Ueberlegung bey mir.

Marianne.

Nicht wahr, Liebe, deine Hauptab= sicht ist deine Mädchen, die du künftig erzie= hen willst, ihrer Bestimmung zuzufüh= ren?

Charlotte.

Freilich ist sie's.

Marianne.

Aber wie willst du sie die Pflichten ei= ner Gattine, einer Mutter, einer Haus= frau wahr genug lehren, und sie ihnen nachdrücklich genug empfehlen, wenn du selbst weder Gattine noch Mutter bist? — Hausfrau kannst du allenfalls werden. —

Wie willſt du ihnen ein Gemählde von
häuslicher Glückſeligkeit machen, um ihren empfindſamen Gemüthern den ſehn-
lichſten Wunſch darnach einzuflöſſen, wenn
du ſelbſt keinen Begrif davon haſt, und ſie
nicht durch dein eigen Beiſpiel lehren
kannſt. — Weißt du, was häusliche, was
eheliche Glückſeligkeit iſt?

    Alles Glück der Erde faßt
    Eheliche Liebe.
    Wer ſie ſchmähet oder haßt,
    Haßt die ſchönſten Triebe.

    Uns zu Liebe ſchuf ſie Gott
    Daß wir glücklich würden;
    Aber um des Fre.lers Spott
    Gab er ihr auch Bürden.

    Und es trift ein ſchwer Gericht
    Leidige Verächter.
    Fromme Liebe trift es nicht,
    Denn ſie iſt gerechter.

    Selig an der Tugend Hand
    Folgt ſie ihren Pflichten,
    Und erneuert ſpät ihr Band
    Noch in ihren Früchten.

G 3

Charlotte.

Deine Schilderungen sind schön, Marianne. —

Marianne.

O sie sind noch sehr unvollkommen; denn ich habe sie ja nie empfunden, und vielleicht werd' ich sie auch nie empfinden.

Charlotte.

Gerade du mußt sie empfinden. — Ja Marianne, sie sind schön, sie haben mein Herz ganz erwärmt: aber, Marianne, ich fühle mich doch nicht stark genug mein Projekt fahren zu lassen, und das müßt' ich wenn ich heirathete.

Marianne.

Das seh' ich noch nicht ein. Edwich ist ein arbeitsamer Mensch; sein Amt ist freilich noch nicht das einträglichste: aber ich steh dir dafür, in ein, zwey Jahren hat er ein besseres. Er steht gar zu gut beim Minister.

Charlotte.

Ich gönn' es ihm, er verdients. —

(vertraulich bittend.)

Aber höre Mädchen, sey auch mir ein

mal aufrichtig. Du bist ganz dazu gemacht
ein glückliches Weib zu werden; du kennst
die grossen Vorzüge des Ehestands besser
als ich; du wirst deinen Gatten von gan-
zem Herzen lieben — und das werd' ich
schwerlich können. Wie wär's, wenn du
den Edwich nähmst?

Marianne.
(in scherzhaftem Ton.)
Meinst du?

Charlotte.
Ich glaube lange an dir bemerkt zu
haben daß dir Edwich nicht gleichgültig ist.

Marianne.
(eben so.)
Behüte der Himmel!

Charlotte.
Und du würdest glücklich mit ihm seyn.—

Marianne.
(im vorigen Ton.)
Vielleicht!

Charlotte.
(zuredend.)
O Marianne, mach mir die Freude.

G 4

Marianne.

Mädchen, wenn du nicht ruhst, so mußt du wirklich noch den Herrn Roßmann heirathen.

Charlotte.

Marianne, es ist mein Ernst; ich kann den Edwich ganz wohl leiden. —

Marianne.

(scherzhaft.)

So?

Charlotte.

Und Niemanden als dir möcht' ich ihn gönnen.

Marianne.

So uneigennüzig hätt' ich dich nicht geglaubt.

Charlotte.

Du weißt nicht, was ich noch für Eigennuz dabey habe. — Liebe, liebe Marianne, nicht wahr, du liebst ihn? Läugne mirs nicht.

Marianne.

Ich glaube, du träumst, Charlotte. Ich weis nicht, wer dir das närrische Ding in den Kopf gesezt hat. Es ist mir noch

nicht eingefallen, daß Edwich ein Mann
für mich seyn könnte, und ich bin doch
schon seit lang mit ihm umgegangen. Uebrigens denk' ich gar nicht ans Heirathen,
so lang meine arme Seline unglücklich ist.
Und den Edwich lieb' ich gewiß nicht, das
kannst du mir auf mein Wort glauben.

Charlotte.

Mädchen du belügst mich.

Marianne.

Lottchen, du betrügst dich.

Charlotte.

O ich weis es gar zu wohl.

Marianne.

Sage, wie ich's nehmen soll.

Charlotte.

Das wirst du schon wissen.

Marianne.

Bald wird mich's verdriessen.

Charlotte.

Edwich schwärmt so gern wie du.

Marianne.

Höre, laß mich bald in Ruh.

Charlotte.

Ja, du willst mich hintergehen.

Marianne.

Nein fürwahr! ich würd's gestehen.

Charlotte.

Sagt'st du nicht, du wär'st ihm gut,
Als wir noch so wohlgemuth
Mit einander vor zwey Jahren
Auf der Kirmse mit ihm waren?

Marianne.

O das that ich nur aus Spas,
Denn ich merkte schon so was.
Lottchen war ihm immer lieber,
Und sie ward nicht böse drüber.

Charlotte.

Ja das war ein schöner Herbst,
Nie bin ich so froh gewesen.

Marianne.

Sieh nur, wie du dich verfärbst,
Lust durchströmt dein ganzes Wesen.

Charlotte.

Ach Marianne!
Könnt' ich seinen Willen
Könnt' ich ihn doch nur erfüllen!

Marianne.

Liebe , verbanne
Banne deine Grillen ,
Und du kannst ihn dann erfüllen.

Charlotte.

Himmlisch ists von einem Herzen
Im Gefühl verstanden werden ,
Freud' und Schmerz mit ihm zu theilen —

Marianne.

Nichts auf Gottes weiter Erden
Kann den Schmerz auch besser heilen ,
Als ein Trost von solchem Herzen.

Charlotte.

Edwich hat ein solches Herz ——

Marianne.

Und doch treibst du mit ihm Scherz.

Charlotte.

Edwich will mich nicht mehr sehen?

Marianne.

Sah er nicht sein Herz verschmähen ?

Charlotte.

Nein, das hab' ich nicht gethan,
Nein, ich bin nicht Schuld daran.

Marianne.

Freilich haſt du das gethan,

Freilich biſt du Schuld daran.

(Beide ſingen das Lezte noch einmal
zuſammen.)

Marianne.

Dem Himmel ſey Dank, daß wir un=
ſere Herzen einmal ausgeplaudert haben.

Charlotte.

Ja Marianne, es iſt mir wohl, und
doch. — Aber ich muß fort; meine Mut=
ter wird mich erwarten. Ach! was wird
dein Onkel ausrichten?

Marianne.

Alles Gutes, du wirſt ſehen. Er wird
zugleich deine Mutter um Erlaubnis bitten,
daß du den ganzen Abend bey uns bleiben
darfſt. Wir wollen nach dem Abendeſſen
mit Selinen ins Nachtigallenwäldchen. —

(das Mädchen winkt aus dem Zimmer.)

Komm Charlotte, ſie wird wohl wach
ſeyn.

(gehen hinein.)

Neunte Scene.

Ein Zimmer der Hofräthinn.

Die Hofräthinn und der Justizrath.

Justizrath.

Verzeihen Sie, Frau Hofräthinn, daß ich so unangemeldet zu Ihnen komme. Meine Freundschaft mit ihrem seligen Manne mag es bey Ihnen entschuldigen.

Hofräthinn.

Ich bitte, Herr Justizrath, machen Sie doch keine Umstände; sonst muß ich ebenfalls um Verzeihung bitten, daß Sie mich so antreffen, wie Sie mich finden.

Justizrath.

Lassen Sie uns das beiseite sezen, Frau Hofräthinn. Ich komme Ihnen mein Herz auszuschütten, ein Herz voll Angst und Verzweiflung über das Unglück meiner einzigen geliebten Tochter — ach! vielmehr über mein eigenes.

Hofräthinn.

Ich kann mich in Ihre Lage sezen, Herr

Justizrath. Freilich, wenn Sie vorherge=
sehen hätten, wie es nun gekommen ist,
Sie würden alsdenn anders gehandelt
haben.

Justizrath.

Wahrlich, ich würde! und wenn Sie
den Sohn meines Gärtners geliebt hätte.

Hofräthinn.

Aber, Herr Justizrath, Sie sind zu
entschuldigen. Sie haben für das Beste
Ihrer Tochter sorgen, und sie von einem
jungen Menschen abbringen wollen, der
kein Vermögen hatte.

Justizrath.

Wollte Gott! ich wäre zu entschuldi=
gen. Alles was ich mir zu meiner Ent=
schuldigung vorbrachte, machte mir mein
Gewissen nur zu desto grösserm Vorwurf.
Ich habe Vermögen genug, ein einziges
Kind noch mehr als anständig zu versorgen.
Und war Selmar, ob er gleich kein Ver=
mögen hatte, nicht von gutem Hause,
ein Mensch von Talenten und einer unbe=
scholtenen Aufführung? —

Hofräthinn.

Ja, das hat man ihm überall nach-
gesagt. Aber Religion muß er doch nicht
gehabt haben, sonst hätte er sich in keinen
Duell eingelassen.

Justizrath.

Wer ihn genau gekannt, sagt das Ge-
gentheil. Und man weis ja noch nicht,
wie es dazu gekommen. — Aber wär'
er die Ursache davon, so ruht auch diese
Sünde auf meinem Gewissen. Ich, ich
Unmensch bracht' ihn dazu; er erlag
schon unter dem Druck seiner Leidenschaft,
und ich stürzte ihn durch den unglücklichen Brief, den ich Selinen mit tausend
Martern zu schreiben zwang, in ein völli-
ges Unbewußtseyn sein Selbst hin; er fühlte nichts als die Größe seines Unglücks,
und in dieser Melancholie vollzog er das
unglückliche Verbrechen. Ach Gott! Ach
Gott!

Hofräthinn.

Unsere jungen Leute können sich ein ewi-
ges Exempel dran nehmen.

Juſtizrath.
(ergreift ſie bey der Hand.)

Mehr noch, wir Eltern. Wir ſollen Väter und Mütter unſerer Kinder ſeyn, und ſie zurecht weiſen, wenn ſie fehlen; dazu haben wir Gewalt über ſie. Aber ſollen wir ihre Tyrannen ſeyn?

Hofräthinn.

Tyrannen ſollen wir freilich nicht ſeyn; aber Strenge iſt doch immer nöthig. Sie wollen oft klüger ſeyn als die Eltern. —

Juſtizrath.

Und die Eltern allzeit weiſe; und geben ſich oft ſo bloß gegen ihre Kinder, daß alles Vertrauen auf die Einſichten ihrer Eltern und auf ihren Rath mit einem mal bey Ihnen weg iſt. Und dann kömmt die Strenge der Eltern hinter drein, und peinigt ſie. — O Frau Hofräthinn, meiſtens ſind wir ſelbſt Schuld, wenn wir Strenge gegen unſere Kinder brauchen. Eine gute Erziehung macht ihrer gewiß unnöthig.

Hofräthinn.

Nicht immer, Herr Juſtizrath; ich
habe

habe an der Erziehung meiner Tochter nicht das geringſte fehlen laſſen, was ihrem Stande anſtändig war, und ſie hat ſich auch bis itzt immer gehorſam gegen mich bezeugt, und nun, da es auf den wich⸗tigſten Schritt ihres Lebens ankömmt. —

Juſtizrath.

Eben bey dem wichtigſten Schritte ih⸗res Lebens ſollten ſie keinen blinden Gehor⸗ſam von ihr fordern, der ſie unſtreitig un⸗glücklich machen würde. Frau Hofräthinn, ich bin von allem unterrichtet; ich weis, daß Sie Ihre Tochter dem Herrn Koll⸗mann geben wollen, und daß ihn Charlotte haßt. —

Hofräthinn.

Das iſt nichts als Einbildung, Herr Juſtizrath.

Juſtizrath.

Einbildung macht ſo unglücklich als Wirklichkeit. Und bey Charlotten iſts ge⸗wiß nicht Einbildung; das weis ich von Mariannen. Es läßt ſich auch leicht den⸗ken: Kollmann iſt ein liederlicher Menſch,

H

der nichts thut als trinkt und spielt, und
dem niedrigsten Weibsvolk nachläuft. —

Hofräthinn.

Um Verzeihung Herr Justizrath, das
sagen nur seine Feinde.

Justizrath.

So müßt' er die ganze Stadt zu Feinden
haben. Es ist wahr genug. Sie haben
auf seinen Reichthum und auf seine Galan-
terien gesehen — aber seyn Sie versichert,
in wenig Jahren wird sein Vermögen
ziemlich geschmolzen seyn.

Hofräthinn.
(etwas beleidigt.)

Ich bitte Sie, Herr Justizrath. —

Justizrath.

Verzeihen Sie, wenn ich Ihnen unangenehme Dinge sage, aber ich bin es meinem Gewissen schuldig, und ich werde nicht
eher von Ihnen weggehen, als bis Sie
mir versprochen, Ihre Tochter weder zu
dieser noch zu irgend einer Heirath zu zwingen. Sie ist just ein so liebes gutes Mädchen wie meine Seline war. Sie liebt
Sie mit der kindlichsten Zärtlichkeit, und

jammert daß sie Ihnen ungehorsam seyn muß. Der selige Hofrath hätte ihr gewiß freye Wahl gelassen. Ein Mutterherz soll noch weicher seyn als das Herz eines Vaters. Nehmen Sie sie in Ihre Arme, und heitern ihre Seele wieder auf. Sie kann die Freude und der Trost ihres Alters werden. O berauben Sie sich dieses Segens von Gott nicht. (Er weint.) Für mich ist kein Trost, keine Freude in meinem Alter mehr zu hoffen. Für mich ist kein Segen mehr übrig. O ich unglücklicher Vater, ich stieß ihn von mir. — Glücklichere Mutter (ergreift sie bey der Hand) reizt sie ein solcher Zustand des Herzens, wie der Meinige? Ich habe keine Ruhe des Tags, und der Schlaf flieht meine nassen Augen des Nachts. Ich fluche meinen Reichthümern, und das Leben ist mir eine Last geworden. —

Hofräthinn.
(weint mit ihm.)

Ach!

Justizrath.

Und sie war so ein unschuldiges liebes

Mädchen, liebte mich so mit ganzer See=
le ; und mir war sie alles, alles. — (weint
sehr) und itzt hält sie mich für einen Mör=
der.

Hofräthinn.

O Gott! hören Sie auf. — Wenn ich
denke, daß ich mir so ein Schicksal berei=
ten könnte ! — Ich habe nie gefühlt,
daß ich meine Charlotte so liebe als itzt,
und sie ist gar eine gute Tochter, sonst so
gehorsam, als wenn sie mir alles an den
Augen absehen wollte. —

Justizrath.

Wollten Sie sie wohl wahnsinnig sehen?
Oder einem nahen Tode zuführen? Oder
auch nur, daß sie ewig von ihr gehaßt
würden? — O Frau, Frau!

Hofräthinn.

Haben Sie Dank von Gott, der mei=
nige ist zu schwach. Ihnen bin ich die
Ruhe meiner alten Tage schuldig. O was
hätt' ich mir für ein Unglück über mein
Haus ziehen können. Nein, liebe Tochter,
(weinend) ich will dich zu nichts zwin=
gen, ich will dir freye Wahl deines Her=

zens laſſen — und wenn es Edwich
wäre! —

Juſtizrath.

Umarme mich, brave Mutter; und
wenn mich Kummer drückt, ſo will ich
ihn bey dir ausſchütten. Es iſt immer ein
groſſer Troſt für Eltern über ihre Kinder
Thränen der Freude und Thränen des
Schmerzens mit einander weinen zu können.

Hofräthinn.

Ach! wie erleichtert iſt mein Herz!

Juſtizrath.

Sollte Ihre Tochter den Edwich lieben,
ſo machen Sie ſich weiter keine Sorgen!
Ich kenne Ihre Umſtände, und weis daß
Edwich auch kein Vermögen hat. Wiſſen
Sie alſo was — ich bin meines Amtes
müde; ich will es niederlegen, mit dem
Beding daß es Edwich erhalte. Beim
Miniſter wird das nicht viel koſten, denn
er will ihm zu wohl. — Sind Sie ſo zu-
frieden?

Hofräthinn.
(drükt ihm die Hand.)

O von Herzen gern.

H 3

Juſtizrath.

Nun ſo leben Sie wohl. Ihre Tochter bleibt heute bey mir. Indeß können Sie
ſich wieder erholen, alte Mutter.

(Sie gehen ab.)

Dritter Akt.

Die Sonne iſt im Nachtigallenwäldchen. An der einen Seite zwiſchen dem
Gebüſch ſieht man eine Urne, Selmars
Monument. Auf der Urne ſteht die Inn-
ſchrift: Selmars Liebe heilig, die
aber mit einem Cypreſſenkranz bedeckt iſt.
Auf dem Poſtumente, unter welchem ſein
Grab iſt, lieſet man, das Liebesgrab.
Der Vollmond geht auf. Zwo Nachtigallen ſchlagen abwechſelnd zu verſchiedenen
malen. Edwich ſizt am Puſtumente, den
Kopf auf dem Arm dran gelehnt in weh-
müthigen Empfindungen. Gegenüber iſt
eine Roſebank.

Erſte Scene.

Edwich.

(allein.)

Tiefe feierliche Stille,
Schauert durch den lichten Hain.
Armes Herz, ergieſſe deine Fülle
Der Natur in Schoos — du biſt allein.
Doch du haſt Vertraute deiner Klagen,

Horch? [es ſchlagen zwo Nachtigallen hinter
einander.]

Wie traurig dort die lieben Sänger ſchlagen!
Ach! ihr klagt, und fühlt doch keine Pein.
Oder klagt ihr meines Selmars Plazen,
O ſo ſtimmt auch mit in meine Klagen,
Liebe Nachtigallen ſtimmt mit ein.

[Pauſe. Nachtigallen ſchlagen.]

Und du Zeuge ſtiller Thränen,
Die von bleichen Wangen flieſſen,
Lieber Mond---- nach dem ſich Herzen ſehnen,
Ihre Schwermuth zu genieſſen.----

H 4

Oder Herzen, deren Freudenzähren
Frohen Glanz von dir entlehnen,
Herzen, die nach langem, langem Sehnen,
In einander sich ergießen,
Ihrer Wünsche Hoffnung nähren, •
Und sich ew'ge Treue schwören! ---
Ach! [eine Nachtigall schlägt]
   so reizend schien dein Licht,
Meinem Liebe‐kranken Herzen nicht.

Wonne träumend wandelt' ich zwar oft
Hier in deinem milden Scheine,
Oft mit meinem Selmar, oft alleine.
O was hab' ich da gewünscht! gehoft!
Doch mein Hoffen war vergebens,
Und ich sehne mich nunmehr, wie du,
Ohne Aussicht eines frohen Lebens,
Liebster Selmar! nach der sel'gen Ruh.

   Beglückte Liebe liebt das Leben,
   Belohnte Liebe haßt den Tod.
   Betrübte Liebe haßt das Leben,
   Verschmähte Liebe liebt den Tod.

Schwebst du um mich, lieber Schatten,
So erfülle meinen Geist.

Sieh sein Sinken, sein Ermatten,
O Natur, dein Band zerreißt.

(Marianne kömmt gegangen, bleibt aber eine
Weile stehen, ohne daß sie von ihm gesehen wird.)

Zwote Scene.

Edwich.

Gott! ach Gott! wie kann es anders?
Unendliche Liebe gebiert unendlichen
Schmerz. — Träumt’ ich nicht von un-
aussprechlichen Freuden, von ewigem Genusse der Seligkeit, die ich in dem Gedanken fühlte: Sie wird dein! — Wie
mich ihr erster Blick gleich an sie fesselte!
Noch ein Blick, und ihre Hand in der
Meinigen — und meine Seele war un-
zertrennlich von der Ihrigen. Ich sah sie
nur einmal, sah alles das in ihren Augen, an ihrer Stirne, an ihrem Munde,
was mein Geist bisher sich nur dunkel von
dem Mädchen, wie ich mirs wünschte,
gedacht hatte. Ich verlor mich in den

Zügen ihres reizenden Gesichts; ein geheimes Gefühl brachte mich ihr näher; ich kannte sie wie von langer Zeit her. Sie ist's, sie ist's, klopfte mein Herz für Freuden — und ach! sie war's nicht.

Marianne.
(tritt näher.)

Sie war's, Freund Edwich.

Edwich.
(sieht sich erschrocken um.)

O sind Sie da, liebe Marianne?

Marianne.
(bleibt stehen, und sieht ihn lächelnd an.)

Sie war's.

Edwich.

Marianne. —

Marianne.

Sie war's, Edwich. Wollen Sie mirs glauben?

Edwich.
(unruhig.)

Marianne, Sie sind ein zu gutes Mädchen, als daß Sie Ihren Scherz mit mir haben sollten, und doch —

Marianne.

(ernsthaft.)

Quälen Sie sich nicht länger mit den Zweifeln der Liebe. Edwich, Sie werden nun wieder heiter und glücklich werden. — Charlotte liebt Sie.

Edwich.

(freudig auffahrend.)

Charlotte liebt mich?

Marianne.

Liebt Sie so zärtlich als ein Mädchen lieben kann.

Edwich.

Marianne, Sie sind ein Engel, den mir Gott gesandt hat.

Marianne.

(aufs innigste gerührt.)

Ihr Glück, mein lieber Edwich, ist seither das Meinige gewesen. Meine Freude ist unaussprechlich, daß ich den Kummer in ihrer Seele vertilgen kann, der sie bisher trübte. Genießen Sie nun des Glücks, dessen Sie so werth sind.

Edwich.

Aber wie Marianne? ——

Marianne.

Ich will es Ihnen schon erklären. Be-
reiten Sie sich itzt vor, Charlotten in Ihre
Arme zu schliessen.

Bald ist sie her
Mit offnen Armen,
Dich, Glücklicher!
Dich zu umarmen.

Ihr banges Herz
Fühlt Lieb' und Reue
Lohnt deinen Schmerz
Mit Lieb' und Treue.

Edwich.
(ausser sich für Freude.)

Vater der Liebe. Ists möglich? Charlotte, mein?

Marianne.

Ja, sie wird dein,
Die trüben Stunden
Der grimmen Pein
Sind nun verschwunden.
Bald eilt sie her
Mit öfnen Armen

Dich , Glücklicher !
Dich zu umarmen.

Edwich.

Das Entzücken überwältigt mich, Marianne, wie soll ich Ihnen danken?

Marianne.

Ich fordre keinen Dank, als den mir mein Herz giebt. Ihr und meiner Char-lotte Glück wird stets das Meinige seyn. Ich geh' izt wieder in den Garten zurück, Edwich. Verstecken Sie sich hier ins Gebüsch hinters Monument, und überzeu-gen sich selbst von Charlottens Kummer und ihrer Liebe. Sie weis nicht, daß sie ihren Edwich hier finden wird. Wir bringen Selinen her, um sie aus ihrem süssen Traum in einen unseligen Jammer zu stür-zen, ihr den Ort zu zeigen, der ihren Selmar einschließt. O Gott! wie getheilt ist mein Herz in Angst und Freude? Ste-hen Sie uns gleich bey, Edwich, wenn etwas vorfallen sollte.

(Marianne geht zurück.)

Dritte Scene.

Edwich.

(allein.)

(Er streckt eine Zeitlang seine Hände unbeweg-
lich gen Himmel, zieht sie zurück, bedeckt
sein Gesicht damit, faltet sie zusammen,
und blickt freudig umher. Endlich naht
er sich dem Grabmaal, sinkt voll Empfindung nieder, springt wieder auf, und
sagt gegen das Grabmaal:]

O nun folg' ich dir nicht mehr. Armer
Selmar! als du noch glücklich warest,
wie fern war ich da noch von dem Glück
das mich nun erwartet! Ich will oft zu
dir kommen, heilige Stätte, meine Charlotte am Arm, und ihr zeigen, wo ich
saß, wo ich um sie weinte- Dann wird
auch sie weinen. — Selmar! ein sanftes
Opfer der Liebe. —- Schon hör' ich sie
kommen. Wie klopft mir die Brust!
  (Er verbirgt sich ins Gebüsch hinters Monument.)

Vierte Scene.

Charlotte, Marianne und an ihrem Arm
Seline mit einem Rosengehänge.

Seline.
(lehnt sich an Marianne, und sieht nach dem
Mond.)

Dank, lieber Mond, daß du uns leuch-
test! ach Marianne, ich habe den Mond
gar zu lieb.

Marianne.

Ich auch, meine Gute, Sein Licht
ist so freundlich. ——

Seline.

Ja Marianne, so freundlich, so freundlich —— o ich seh' ihn nie ohne das Lied-
chen zu singen, das mir Selmar hier im
Wäldchen gemacht hat. Höre nur, Lottchen, es ist gar zu schön.

(mit Akkompagnement der Flöte.)

Wie der Mond am Sommerabend schimmert,
Lacht dein Auge mir,
Wie er lieblich durchs Gebüsche flimmert,
Flimmerts sanft herfür.

Treue Seelen, die die Welt geschieden,
Und der Tod vereint,
Wandeln izt in ihm voll Lieb' und Frieden, —
Sieh, wie fein er scheint!

Liebe fließt herab von seinen Strahlen,
Wie von deinem Blick;
Liebende, nun frey von ihren Qualen,
Hauchen sie zurück.

(Sie treten näher.)
Ists nicht schön, Charlottchen ?
Charlotte.
Sehr schön, liebste Seline.
Seline.
Aber du freust dich ja nicht. — Biß
du traurig Mädchen ? Sieh, in diesen
Himmel kömmst du auch, wenn du unglück-
lich liebst.
(Sie tanzt langsam und blickt in den Mond.)
Charlotte.
(für sich nach dem Grabmaal zu.)
Ach Edwich, Edwich ! izt ist die Reih'
an mir.
Seline.
Nun, Marianne, wo ist denn das Lie-
besgrab ?

Marianne.

Dort ists, meine Liebe; du kannst's
dann lesen.

(Seline will sich nähern.)

Wart; noch dürfen wir nicht näher.
Vielleicht verweilt noch der Schatten des
unglücklichen Jünglings in dem Bezirke.
Man sagt, daß die abgeschiedenen Seelen
herabsteigen in der Dämmerung. —

Seline.

O gewiß auf den sanften Strahlen des
Mondes. Es hat mir oft so geschienen.
Aber sag mir doch die Geschichte des Jünglings. (sezt sich auf eine dem Denkmal
gegenüber stehende Rasenbank) Sezt euch
zu mir, wenn ihr wollt. Ich will hier
meinen Rosenkranz wieder fest binden.

(Sie bleiben stehen.)

Marianne.
(zu Charlotten.)

Ich zittre.

Charlotte.
(zu Marianne.)

Mir ist erstaunend bang.

J

Seline.

Nun so erzähle mirs doch Marianne,
warum der gute Jüngling starb?

Marianne.

(heimlich zu Charlotten.)

Noch ists nicht Zeit, noch muß ich sie
täuschen.

(Sie singt.)

Ach! es war ein guter Junge,
Jedem Menschen war er lieb.
Gutheit saß ihm auf der Zunge,
Nimmer war sein Auge trüb.

Jung und schön gefiel er Allen,
Allen Mädchen die ihn sahn.
Jedes wünscht' ihm zu gefallen,
Jedes schmiegt sich an ihn an.

Ob er zwar schon keine liebte,
Meint' ers doch mit allen gut,
Daß er keine nicht betrübte,
Denn er hatte edeln Muth.

Sieb, da kam ein fremdes Mädchen
Schöner wie sie alle her;

Keines war wie sie im Städtchen,
So kein Jüngling drinn wie er.

s'Mädchen sehn und liebgewinnen
War als eins in seiner Brust.
Plötzlich lag's ihm in den Sinnen,
Plötzlich schwand ihm alle Lust.

Doch das Mädchen, kalt in Trieben,
Konnt' ihn leidend vor sich sehn,
Sprach: laß ab, ich will nicht lieben
Und da war's um ihn geschehn.

Denn er sank in Todesschlummer
Das sich's Mädchen nicht vergab.
Drob sie ihm aus Lieb' und Kummer
Baut' und nannt's das Liebesgrab.

Charlotte.
(für sich, die während des Gesangs ihre
Traurigkeit blicken lassen.)
Vielleicht Edwichs Schicksal!
Seline.
(die gerührt Mariannen zugehört, und kein
Auge von ihr verwendet.)
Ach! wie traurig hat mich die Ge-
schichte gemacht! Wenn mir Selmar

ſtürbe, und ich hätt' ihn nicht genug geliebt!

Marianne.

Aber wenn er dir nun ſtürbe, da er weiß,
daß du ihn über alles liebſt?

Seline.

(ängſtlich.)

Mädchen, du machſt mir bang; und
er bleibt auch ſo lang aus. —

Charlotte.

(leiſe:)

Wenn doch die unglückliche Probe vor-
bey wäre. —

Marianne.

Komm Seline, wir dürfen nun näher.
(greift ſie bey der Hand, und führt ſie hin-
zu. Charlotte folgt ihnen.)

Seline.

(mit dem Roſenkranze.)

Hier lieber Jüngling, nimm das Opfer
eines liebenden Mädchens. (Legt ihn
drum, reißt den verwelkten Cypreſſenkranz
ab, lieſt und ſchreyt:) Göttinn der Liebe, was
ſeh' ich? Selmars Liebe heilig. —

Weh mir! weh mir! [zerrauft sich die Haare.] Er ist todt, er ist todt!
(zu Marianne,

Laß mich du Schlange; du logst mir, deine Geschichte war ein Mährchen. — Nicht wahr, es war's? — [Marianne weint sehr.] Oder wenn es kein Mährchen war, wenn du nicht gelogen hättest, wenn er ein fremdes Mädchen geliebt hätte, und für Liebe gestorben wäre! Selmar! Selmar! ach!
(sie sinkt in Ohnmacht.)

Marianne.

Gott! was hab' ich gethan?

Fünfte Scene.

Edwich springt herbey.

Charlotte.

Himmel, Edwich?

Marianne.

Edwich, rathen Sie, helfen Sie.

Edwich.

Sie erholt sich schon.

J 3

Marianne.
[hält sie in ihren Armen.]

Seline, liebster Engel, ermuntre dich.
Selmar starb, aber voll Liebe für dich.
Die Geschichte war erdichtet.

Seline.
[mit schwacher Stimme.]

Starb voll Liebe für mich? — O nun
leb' ich wieder auf.
[sie lehnt sich an Mariannes Busen.]
Marianne, ich that dir Unrecht.
[erblickt den Edwich, und fährt in Mariannen hinein.]
Ha! ist das nicht sein Geist? Marianne. ——

Marianne.
Sey ruhig, liebe Seele; es ist Edwich,
Selmars treuer Freund.

Seline.
Meines Selmars Freund?

Edwich.
Ja, liebe Seline; kennen Sie mich
nicht?

Seline.
Sollt' ich dich doch kennen, lieber
junger Mann. — Es ist mir, als wenn

ich von dir geträumt hätte. Du war'st
sein Freund, o sag, wie starb er?

Edwich.

Man hatte ihm gesagt, Sie würden
sich an einen Andern verheirathen; und
da starb er für Liebe.

Seline.

Für Liebe? — O mein geliebter,
mein geliebter Selmar! — Ja so träum=
te mir, ich vergaß es wieder. — Ma=
rianne, wie wird mir so anders! Träum'
ich izt auch? (umfaßt die Urne) O du
lieber Heiliger! Du starbst aus Liebe, aus
Liebe zu mir. Ich will auch aus Liebe
zu dir sterben, zu dir, mein Selmar.
    (Sie verfällt in eine melancholische Stille und
    weint. Die übrigen sehn einander eine
    Zeitlang stillschweigend an.)

Marianne.

Herr Edwich, dort am Wege lauert
unser Mädchen, rufen Sie mir sie doch.
    (Edwich geht. Marianne zu Charlotten.)

Wir wollen Selinen hineinbringen;
bleib' indessen hier, und versöhne dich mit
deinem Edwich. Sobald ich kann, bin
ich wieder hier und hole dich.

J 4

Charlotte.

Aber komm ja bald zurück. Wenn
uns Jemand träf!

Marianne.

Sorge nicht. — Gott stärke Selinen,
ich habe Hoffnung.

Charlotte.

Sie muß erstaunend leiden.

(Edwich kömmt mit dem Mädchen zurück.)

Marianne.

Haben Sie Dank, lieber Freund.

(sanft zu Selinen.)

Komm meine Beste, wir wollen hinein ; die Abendluft möchte dir schädlich
seyn.

(Sie schlingt ihren Arm um sie.)

Seline.

Ich bin so matt.

(Das Mädchen tritt auf die andere Seite,
und führt sie.)

Marianne.

Halte dich getrost an , liebste Seline.

Seline.

Nur noch einmal zu seinem Grabe.

(Sie führen sie hin ; Seline lehnt ihr Haupt
an die Innschrift und küßt sie.)

Deiner Liebe heilig , mein Selmar!
Ach! so soll ich dich nicht wiedersehen du
schöner Jüngling ? ——
(Sie weint sehr.)

Marianne.

Nun komm, mein theurer Engel.
(zu Edwich und Charlotten.)
Bleiben Sie indessen hier, ich bin bald
wieder da.
(Marianne und das Mädchen führen Selinen
weg.)

Sechste Scene.

Charlotte und Edwich.

(sehen ihr weinend nach.)

Edwich.

(naht sich wehmüthig Charlotten, und ergreift ihre Hand und küßt sie.)
Ach, Charlotte!

Charlotte.

Ach, Edwich.

Edwich.

Die arme Seline!

Charlotte.

Das gute herrliche Mädchen so elend!

Edwich.

Was ist Liebe nicht fähig!

Charlotte.

Sagt' ichs Ihnen nicht oft?

Edwich.

Aber unglückliche verschmähte Liebe. —

Charlotte.

Edwich, wie kommen Sie hieher?
Ich dachte Sie nicht wieder zu sehen. Sie
haben mich gekränkt.

Edwich.

Wodurch hab' ichs, liebe Charlotte?
Sagen Sie, wodurch?

Charlotte.

Sie wollten fort ohne Abschied von
mir zu nehmen; nichts als einen Brief
vielleicht von Vorwürfen voll zu hinterlas-
sen — heißt das meine Freundschaft nicht
aufs empfindlichste kränken?

Edwich.

Bey Gott! das hab' ich nicht ge-
wollt.

Charlotte.

Und doch haben Sie's zu Mariannen gesagt.

Edwich.

Nein, meine Theuerste. Marianne hat Sie vielleicht aus den besten Absichten damit kränken wollen.

Charlotte.

Ist das wahr, Edwich? — So haben Sie die wärmste Freundinn an ihr die Sie haben können.

Edwich.

Und an meiner angebeteten Charlotte? —

Charlotte.

Ich seh, ich bin schon verrathen; alles zusammengenommen und Ihre Gegenwart — hören Sie Edwich des Geständnis meines Herzens. Sie sind mir schon längst seit ich Sie habe kennen lernen, unendlich werth gewesen. Ich weis keine Mannsperson, die ich Ihnen vorgezogen hätte. Wär' ich nicht willens gewesen, mich nie zu verheirathen, und hätt' ich nicht verschiedene wichtige Ursachen dazu gehabt; ich hätte Ihre Liebe nicht so lang unerwiedert gelassen. Zwar hab' ich sie immer geliebt; und ich erschrak, wenn ich Sie mir als den Mann eines andern Mädchens dachte — aber izt, liebster Ed-wich, izt lieb' ich ganz. Sie sind mir seit kurzem das Liebste auf der Welt ge-worden. Edwich, wie kann ich Ihnen mehr sagen? Hier haben Sie mein Herz, und wenn Sie wollen und ich darf — auch meine Hand. (reicht sie ihm zärtlich dar.) Meine Mutter ists nun zufrieden, daß ich den Kollmann nicht nehme, viel-leicht willigt sie mit der Zeit auch in un-sere Verbindung.

E d w i ch.
(auffer sich für Freude.)

Liebster Engel! — ach Gott! welch ein Uebermaaß von Freude! Unaussprech-lich! unaussprechlich!

> Himmlische Freude,
> Lottchen ist mein!
> O wie so selig
> Wollen wir beide
> Wollen so selig wir seyn!

Charlotte.

Himmlische Freude,
Edwich ist mein!
O wie so selig
Wollen wir beide
Wollen wir beide nun seyn!

Edwich.

Schmerzliche Stunden
Schwindet zurück.
Alle die Wunden
Heilet ihr Blick.
Haft mir mein Leben
Wieder gegeben,
Lottchen, o Lottchen, mein Glück!

Charlotte.

Hab' ich gelitten!
Hab' ich geweint!
All meine Bitten
Waren vereint,
Könnt' es geschehen,
Dich noch zu sehen,
Trautester, zärtlichster Freund!

Beide.

Himmlische Freude

Lottchen
Edwich } ist mein!

O wie so selig
Wollen wir beide
Wollen so selig wir seyn.

(Sie halten einander umfaßt.)

Lezte Scene.

Marianne kömmt zurück.

Marianne.

Ich seh, Ihr habt keiner Mittelsper-
son bedurft, Euch mit einander auszusöh-
nen. — Desto herzlicher wird Eure Reue
und Eure Vergebung seyn.

Charlotte.

(sieht ihren Edwich zärtlich an.)

Ist Ihre Vergebung herzlich? Meine
Reue ists.

Edwich.

Vergebung nicht, meine Geliebte —

ich könnte das Wort haſſen .— aber Dank,
herzlicher Dank.

Marianne.

Nun, ſtreitet Euch nur nicht darum,
ſonſt möcht' ich wieder von vornen anfangen müſſen. Habt ihr mir nicht zu
ſchaffen gemacht!

Charlotte.

Beſte Marianne!

Edwich.

Unſere Freude, unſer Glück muß Ihnen Belohnung ſeyn.

Marianne.

Es iſts auch, ihr Lieben. (zu Edwich)
Hab' ich nun nicht Wort gehalten, Edwich?

Edwich.

Sie haben es, edelmüthiges Mädchen;
Sie haben mir meine Charlotte wiederge-
geben.

Marianne.

Und du kleine Schwärmerinn? —

Charlottte.

O Marianne! der Himmel wolle, daß

das Gefühl meines Glücks keine Schwärmerey seyn möge!

Marianne.

(scherzhaft.)

Nun kannst du deinem Lieblingsplan viel besser nachhängen.

Charlotte.

Marianne — wenn du mich lieb hast. —

Edwich.

Warum soll ichs nicht wissen, meine Charlotte? Ich verspreche Ihnen alles dazu beyzutragen.

Charlotte.

Ist noch nicht, liebster Edwich.

Marianne.

Ey was! es muß heut alles aufs Reine gebracht werden. Hören Sie, Herr Edwich, (Charlotte will ihr den Mund zuhalten) sie wünscht eine Erzieherinn zu werden. Sie will Mädchen erziehen.

Charlotte.

Ich bin böse, Marianne.

Edwich.

Edwich.
(lächelnd.)
Nicht auch Bübchen, meine Beste?

Charlotte.
(verbirgt ihr Gesicht.)
Siehst du Marianne, wenn ich nicht. —

Marianne.

Nun was ists dann weiter? Edwich wird deinem Lieblingsvergnügen gewiß nicht zuwider seyn.

Edwich.

Nein, theuerste Charlotte. Führen Sie den Gedanken den Sie gehabt haben, nun als mein liebes Weib aus.

Charlotte.
Topp?

Edwich.
Topp!

Charlotte,
(bedenklich.)
Wird aber auch meine gute Mutter in unsere Heirath williigen? So ganz ruhig kann ich noch nicht seyn.

K

Edwich.

O sie soll mich gewiß lieben.

Marianne.

Macht Euch keine Sorgen. Deine Mutter willigt darein, Charlotte. Ich hab' Euch diese Nachricht mit allem Fleiß so lang aufgespart. Auch hab' ich Euch noch etwas zu sagen. Mein Onkel will sein Amt niederlegen, mit dem Beding daß Sie's bekommen, Edwich. Sie haben's also schon so gut als gewiß.

Charlotte.

(umarmt sie.)

Englische Marianne!

Edwich.

(läßt Mariannen die Hand.)

Freude auf, Freude!

Marianne.

In meinem Leben bin ich noch nie so glücklich gewesen, als itzt.

Charlotte.

Das ist Theilnehmung an unserm Glück

liebſte Freundinn. Aber werd' es bald
aus Urſachen wie die Meinigen ſind.

(Edwich drückt Charlottens Hand an ſein
Herz.)

Marianne.

Warum auf dieſe Art, wenn ichs ſonſt
nur bin? Und ich verlang' es auch nicht
mehr. Selinen werd' ich nie verlaſſen.
Ich habe die ſüſſe Hoffnung, ſie noch einſt
wieder geſund zu ſehen. Sie hat doch
wieder einige Augenblicke lang das Gefühl ihres vorigen Zuſtands geäuſſert.
Sie fragte nach ihrem Vater, nach welchem ſie ſich die ganze Zeit über nicht
erkundiget hat; denn ſie kannte ihn nie,
ſondern hielt' ihn für einen der ihr nach
dem Leben ſtellte. Itzt ruft ſie; ſie iſt
aber erſtaunend abgemattet Ich bin neu-
gierig auf ihr Erwachen.

Charlotte.

Gott wird helfen!

Edwich.

Ja, liebe Marianne, er wirds, hoffen
Sie getroſt.

K 2.

Marianne.
(blickt umher).

Kinder, ich werde diesen Abend nie vergessen. Meine Seele ist in einen Ernst versunken. Die ganze Gegend und dieser Abend haben so etwas feierliches. Eure Vereinigung an dem Grabe einer unglück-lichen Liebe — eines Freundes — ich weiß nicht, ob Ihr's auch so fühlt.

Charlotte.
Ja, Marianne, es hat eben diesen Ein-druck auf mich gemacht.

Edwich.
Mir ist so heilig hier, als wenn ich vorm Altare stünde.

Marianne.
Kommt Freunde, tretet näher zum Grabmaal. Laßt mir zum Pfande Eurer ewigen Freundschaft das Recht, hier Eure Hände in einander zu legen.

Kommt zum Grabe der Liebe
Das die Treue geweiht.
Kommt zum Grabe der Liebe,
Schwört den zärtlichen Eid.

Edwich und Charlotte.

Wir folgen zum Grabe der Liebe,
Das die Treue geweiht,
Wir folgen zum Grabe der Liebe,
Und schwören mit Freuden den Eid.

Marianne.

Ihr steht im Angesichte
Der heiligen Natur.
Ihr schwört im keuschen Lichte
Des Monds — erwägt den Schwur.

Edwich und Charlotte.

Wir stehn im Angesichte
Der heiligen Natur.
Wir schwören im keuschen Lichte
Des Monds auf ewig den Schwur.

Marianne.

Tochter des Himmels, o heilige Liebe,
Schau' auf dieses liebende Paar;
Knüpf' ein Band der sanftesten Triebe,
Wandle dies Grabmaal in Liebesaltar.

Edwich.

Rein wie des Mondes Glanz
Sind meine Triebe;

Sanft wie der Weste; Tanz
Ist meine Liebe.

Charlotte.

Rein, wie das Bächlein irrt,
Sind meine Triebe,
Sanft wie das Täubchen girrt,
Ist meine Liebe.

Marianne.

Ihr steht im Angesichte
Der heiligen Natur,
Ihr schwört im keuschen Lichte
Des Monds --- erwägt den Schwur.

Charlotte und Edwich.

Wir stehn im Angesichte
Der heiligen Natur.
Wir schwören im keuschen Lichte
Des Monds auf ewig den Schwur.

Marianne.

Tochter des Himmels, o heilige Liebe,
Senke dich auf dieß liebende Paar.
Knüpf ein Band der seligsten Triebe,
Wandle dieß Grabmaal in Liebesaltar.

(Sie nimmt den Rosenkranz von der Urne,
und schlingt ihre Hände damit zusammen.)

Edwich.

Hier Geliebte, nimm zum Pfand
Ew'ger Liebe, ew'ger Treue,
Nimm den Schwur nebst meiner Hand.

Charlotte.

Mein Geliebter, sieh ich weihe
Dir mein Herz und ew'ge Treue,
Nimm den Schwur nebst meiner Hand.

Beide.

Priesterinn des Himmels, höre
Mein Gelübde, das ich schwöre.
Wenn ichs jemals treulos breche,
Heil'ge Liebe, o dann räche
Meinen Meineid mit dem Tod
Der verlezter Treue droht.

Marianne.

Tochter des Himmels, o heilige Liebe,
Segne mit Wonne dies liebende Paar,
Segn' es, es knüpfens die seligsten Triebe,
Nimm nun dein Opfer, sie bringens dir dar.

Edwich.

Edwich und Charlotte.

(Sie hängen den Rosenkranz wieder um die Urne.)

Tochter des Himmels, o heilige Liebe,
Wandelst dies Grabmaal in Liebesaltar.
Siehe wir bringen voll himmlischer Triebe,
Unsere Herzen zum Opfer dir dar.

Ende des Schauspiels.